SAMUELE ZABOI

Phobos

A chi ha il coraggio di inseguire i propri sogni

"Il sentimento più forte e più antico dell'animo umano è la paura, e la paura più grande è quella dell'ignoto"

Howard Phillips Lovecraft

PROLOGO

Era una di quelle notti. Quelle, dove la pioggia cade in modo incessante ma non violento, picchiettando con costanza sul cemento delle strade e sui tetti delle case. I vetri delle finestre facevano riecheggiare nelle stanze buie il suono sordo delle singole gocce che andavano piano piano a spegnersi scontrandosi contro di essi.

Parigi dormiva, per quanto una città come Parigi possa mai dormire; le strade brulicavano di pochi giovani ragazzi ancora svegli nel cuore della notte, in cerca dell'ultimo locale aperto dove poter bere l'ennesima, l'ultima birra della serata. Delle risate fragorose salirono da *Rue Sedillot* rompendo per un istante il silenzio che si stendeva sulla capitale francese come un dolcissimo velo di ovatta.

Una bottiglia di vetro cadde a terra frantumandosi in centinaia di pezzi. Infrangendosi provocò nuove risa che furono interrotte da qualcuno rievocando l'agognato silenzio, che durò solo per qualche istante lungo quella via che non era troppo distante dalla *Tour Eiffel.* Ignaro di tutto questo, il mastodontico monumento continuava a ergersi maestoso a due passi della Senna che con le sue acque scure scorreva placida verso il mare.

Tutto questo però non importava a qualcuno, anche perché non poteva sapere nulla in quei momenti, come quando ci si dimentica dell'esistenza di un altro luogo là fuori, delle altre persone e delle altre vite.

***

Eloise ricordava a malapena chi fosse, la testa le doleva moltissimo e a ogni singolo tentativo di rammentare qualcosa, il dolore le martellava il cranio ancora più forte e in modo sempre più incessante. Non aveva ancora recuperato del tutto i sensi, la prima sensazione che la risvegliò fu l'acidità di una goccia di sudore che lentamente le entrò in bocca, passando in una piccola fessura dello stretto bavaglio che le impediva di muovere le labbra. Spalancò gli occhi anche se la stanchezza, di cui ignorava la provenienza, fece sì che si richiusero velocemente, contro la sua volontà.

Come dal risveglio di un lento torpore, Eloise riacquistò piano piano i propri sensi, uno alla volta: il gusto fu il primo a tornare attivo, seguito dall'olfatto; si trovava in un luogo freddo e dalle narici le sembrò di percepire come l'ambiente attorno fosse pulito, vasto e allo stesso tempo vuoto; tra queste sensazioni spiccava forte l'odore acre del proprio sudore che forse non aveva mai sentito così intenso. Non le piaceva sentirsi sudata. L'udito le fece sentire in lontananza il battere delle gocce di pioggia e il proprio respiro affannoso, a causa di quel maledetto panno di stoffa: la bocca era leggermente aperta, tanto da far passare pochissima aria e una nuova, minuscola, goccia di sudore che le cadde lentamente dal viso. I polpastrelli si mossero lentamente, come piccole foglie che si lasciano ondeggiare dalla prima folata di vento primaverile: toccarono il dorso della mano opposta; gli arti erano legati all'altezza dei polsi ed erano stati posti dietro la sua schiena, impedendole così di muoverli, in qualsiasi modo. La vista fu l'ultimo senso a tornare a funzionare più o meno efficacemente: gli occhi sbatterono più volte fino a quando non riuscirono a restare totalmente aperti per più di due secondi; Eloise si guardò attorno ma fu inutile. Era avvolta in una più che nera oscurità.

Ci volle qualche minuto perché la donna riuscisse finalmente a realizzare di essere legata e posta a terra su un pavimento. Le gambe scoperte erano fredde a causa del prolungato contatto con quello che la pareva essere marmo, mentre il vestito che indossava quella sera riusciva a malapena a non farle toccare i glutei con qualsiasi cosa ci fosse sotto di lei. Eloise provò a spostarsi ma si bloccò pressoché all'istante dato che ebbe la terribile sensazione di pesare come una montagna di dimensioni bibliche, eppure non era possibile. Cercò allora di gridare ma la sua voce venne strozzata in gola e riecheggiò in quella che doveva essere una stanza decisamente grande. Riuscì a muovere il capo prima a destra poi a sinistra ma nulla era cambiato rispetto a prima: buio. Silenzio. Notte. Oscurità. Paura.

***

Gabriel tornò a casa particolarmente stanco quella sera. Certi giorni era assolutamente deprimente lavorare tra tutte quelle scartoffie. Non gli era mai piaciuto quell'impiego, ma doveva pur vivere in qualche modo e in tutta onestà non poteva più restare in casa con sua madre. Ora stava bene, non navigava certamente nell'oro, ma era felice. Aprì la porta del proprio appartamento, entrò, la richiuse, si tolse il soprabito e appoggiò la valigetta ventiquattrore con una serie di movimenti effettuati in modo automatico, frutto di un'abitudine consolidata ormai da anni.

Spossato, si diresse lentamente verso il frigorifero che aprì nella speranza di trovare qualcosa di succulento con cui potersi sfamare, anche se in cuor suo già conosceva la risposta. La luce fioca dell'elettrodomestico illuminò ciò che di poco era rimasto al suo interno, come il piatto di riso del giorno precedente; affamato, ma controvoglia, Gabriel prese il piatto e raccolse una forchetta per poi distendersi sul divano accendendo il televisore, non proprio ultimo modello.

La stoffa sotto di lui affondò lentamente non appena si sedette facendogli cadere l'umore ancor più verso il basso; il clamore proveniente dalla finestra leggermente aperta lo infastidì ulteriormente non permettendogli di godere appieno delle notizie sportive, come avrebbe voluto.

Garbiel si era dimenticato di quanto fosse sempre pessimo quel risotto tanto che lo appoggiò accanto a sé decidendo di non mangiarlo più, piuttosto era di gran lunga meglio il digiuno. Con fatica si rialzò e prese una mela che addentò con voracità; ciabattando si diresse verso la camera da letto, dalla quale prese il proprio pigiama che indossò svogliatamente. Avrebbe voluto fare da sempre il calciatore ma quella cicatrice sul ginocchio destro gli ricordò il perché in quel momento non si trovasse su qualche campo europeo a giocare una partita di Champions League bensì chiuso in un appartamento parigino di modeste dimensioni e, a dirla tutta, anche un po' squallido.

Un rumore di vetri infranti e delle risate di qualche ragazzo lo riportarono alla realtà distogliendolo da quei pensieri. Stizzito, l'uomo scattò verso la finestra e intimò di fare silenzio altrimenti avrebbe chiamato la polizia; Gabriel riuscì nel suo intento, anche se solo per qualche secondo. Nell'impeto però non si accorse in alcun modo che dal palazzo di fronte al suo, una figura con un soprabito scuro uscì in tutta fretta dal portone per poi sparire in *Rue Dupont des Loges* sotto la pioggia battente, facendosi poi inghiottire dalla notte, mentre le prime luci dell'alba erano ancora lontane e per qualche ora il sole non sarebbe sorto su una Parigi ancora addormentata.

***

Eloise si svegliò di soprassalto. Doveva aver ceduto al sonno o forse era addirittura svenuta. Questa volta le bastarono pochissimi istanti per fare il punto della situazione e ricordò tutto quello che aveva provato pochi minuti prima, o così le sembrò, e cercò quindi di trovare una soluzione.

La schiena era poggiata contro un muro, provò allora a farsi forza con le gambe per potersi rialzare: con sorpresa notò come la testa non le facesse più male, come se quel sonno fosse stato completamente rigeneratore. Si alzò di qualche centimetro ma il pavimento scivoloso la riportò in fretta a terra, facendo risultare questo tentativo vano in ogni suo aspetto. Cercò quindi di liberarsi le mani ma il nastro adesivo era stretto molto bene, fin troppo. Nemmeno muovendo la bocca riuscì a spostare di un solo centimetro il bavaglio, anch'esso legato con estrema cura tanto da sembrare essere ormai un tutt'uno con il suo viso.

Eloise tentò di non farsi sopraffare dallo sconforto: cercò di trovare qualche indizio con lo sguardo, di captare un minimo segnale in quell'oscurità così nera, che potesse essere come una piccola lucciola in un campo sterminato d'estate. Nulla. Il vuoto più assoluto.

Improvvisamente si ricordò di avere con sé una piccola borsetta con all'interno il proprio cellulare, tastò il pavimento con le mani e con i piedi ma non trovò nulla, rendendosi amaramente conto che il suo sequestratore non avrebbe mai lasciato lì vicino quegli oggetti così importanti. Persa ormai ogni speranza si mise a gridare versando lacrime di disperazione; Eloise si trovò così a singhiozzare, nel buio, dimenticata da tutto e da tutti, ma non era sola. Non più ormai.

La donna poté udire distintamente una porta aprirsi non lontano da lei e chiudersi in pochi istanti. Il cuore le schizzò in gola come uno shuttle che si fionda verso lo spazio durante la fase di lancio; l'organo pulsò velocemente come forse non aveva mai fatto prima di allora e come risultato di questa azione Eloise si pietrificò in attesa di qualsiasi altro minimo segnale. Arrivarono dei passi, lenti, cadenzati, come se stessero seguendo una musica che lei però non poteva udire. Questi si facevano sempre più vicini, un ticchettio che non lasciava presagire nulla di buono poi, d'improvviso, di nuovo silenzio che, paradossalmente, divenne ancor più assordante di quello precedente.

La donna gridò nuovamente, ora sapeva di non essere più sola, l'adrenalina non le faceva avere più alcuna paura, voleva combattere, lottare, spaccare il mondo e abbandonare quel fottuto posto, ovunque fosse. In riposta ebbe solo un ronzio metallico a cui seguì l'accensione delle luci della stanza che l'accecarono per qualche istante: Eloise piegò il volto verso il proprio petto per potersi riparare da quel bagliore e solo dopo pochi istanti si voltò di fronte a sé cercando di riaprire lentamente gli occhi, con estrema cautela, per esaminare l'ambiente attorno a lei e capire dove fosse. Riconobbe il luogo anche se non aveva la minima idea del perché si trovasse lì, lo aveva visto molte volte e in qualche occasione ci era anche stata, alzò lo sguardo verso il soffitto con gli occhi pieni di incognite. La donna si ricordò, in quella che le parve essere la frazione di tempo più veloce della sua vita, di non essere la sola persona in quella stanza: guardò di fronte a sé, niente, alla sua sinistra, nulla, e infine alla sua destra e trovò un figura di spalle, in piedi, che indossava abiti scuri. Non sapeva chi fosse, non ancora per lo meno.

"Fatti vedere!" gridò Eloise anche se ne uscì solamente una sorta di rantolo che però colse nell'obiettivo. La figura alzò la testa e successivamente si voltò lentamente: la donna divorò ogni singolo centimetro di spazio che veniva riempito dal volto di quella persona, voleva sapere la sua identità. Subito.

Quando finalmente i due sguardi si incrociarono, Eloise fu colta da un tripudio di emozioni, come se una serie infinita di fuochi d'artificio le fosse esplosa nello stomaco in un solo secondo. Conosceva quella persona anche se non così bene come avrebbe voluto, forse era la fine del suo calvario o l'inizio del suo inferno. La figura le si avvicinò e si inginocchiò alla sua destra, con una mano, rivestita da un guanto nero di pelle, le spostò il volto e accostò le sue labbra all'orecchio della donna. Il cuore di Eloise sarebbe esploso da un momento all'altro, ne era certa, non poteva battere più veloce di così, era scientificamente impossibile. La figura le respirò nell'orecchio per poi sussurrare una sequenza di lettere, una maledetta sequenza: la donna sbarrò gli occhi e il suo cuore si arrestò, forse per un decimo o centesimo di secondo, per poi riprendere a battere ancora più rapidamente. Ora aveva trovato finalmente risposta alle sue domande. Non era salva. Non lo era.

E tutto precipitò nuovamente nell'oscurità più totale.

1

A più di 300 chilometri di distanza dalla capitale francese, un altro mondo, così lontano e così diverso ma allo stesso tempo così simile, si accingeva ad accogliere l'alba di un nuovo dì in una manciata d'ore. Londra sapeva addormentarsi e risvegliarsi ogni giorno con un'eleganza propria e distinta: la *Elizabeth Tower* fronteggiava il più moderno *London Eye* in una corsa verso il cielo tra antichità e modernità, se di antichità è lecito parlare in questi casi. Autobus rossi a due piani viaggiavano anche nel cuore della notte, sparuti ma c'erano, e talvolta venivano superati da rapidi taxi neri non sempre curanti dei limiti di velocità mentre percorrevano a tutta birra *Westminster Bridge* e attraversavano in fretta e furia il Tamigi, oscurato da un cielo quella notte privo di stelle e orfano della luna.

Non troppo lontano da lì, da una finestra di un palazzo posto in *Old Queen Street*, Paul osservava il panorama londinese stendersi per chilometri, ignaro del fatto che da lì a non molte ore il suo destino sarebbe stato sconvolto. L'uomo si accese una sigaretta e inspirò profondamente mentre la donna nel suo letto, di cui nel profondo non ricordava nemmeno il nome, dormiva avvolta tra le lenzuola. Paul si fece qualche altro tiro e poi si diresse verso il computer acceso sulla scrivania, indossando solo i pantaloni del pigiama. Rapidamente fece scorrere qualche mail di lavoro e diede un'occhiata alle ultime notizie apparse su Facebook: non era vittima dei social network, ma in fondo gli piaceva ficcare il naso negli affari altrui.

"Paul! Dove sei? Viene qui..." farfugliò la donna restando assopita, muovendo le braccia e tastando il posto rimasto vuoto accanto a lei.

Paul non rispose e fregandosene delle preoccupazioni della donna finì la sigaretta, la spense, chiuse il PC e senza proferire una sola parola si distese accanto alla bionda che aveva conosciuto la sera precedente, anche se non riuscì a prendere sonno. Cercò di ricordare il nome di quella donna, forse si chiamava Allison ma non ne aveva in alcun modo la certezza.

Rimase fermo a fissare il soffitto, imperterrito, come se una strana sensazione di inquietudine, angoscia e paura fosse penetrata nella stanza e lo avesse colto nell'antro più nascosto della sua anima. E aveva ragione, maledettamente ragione.

***

Le prime note parvero arrivare da molto lontano, lontanissimo. Eloise le sentì a fatica ma la fecero svegliare, nuovamente. Questa volta la donna non era lucida, i suoi sensi non erano messi a fuoco: la musica giungeva alla sue orecchie come ovattata, la vista era annebbiata e tutto il suo corpo intorpidito. Con il passare dei secondi però la vittima rinsavì lentamente e scoprì che attorno a sé era nuovamente tutto buio e oscuro. Questa volta però non regnava più il silenzio: una musica classica, non sapeva che diamine di composizione fosse, giungeva con ogni probabilità dalla sua destra e riecheggiava in tutta la stanza. Nella sua testa era ancora vivida quella persona e soprattutto quelle poche, sparute lettere; stentava a crederci, non poteva essere accaduto per davvero; realizzò di essere ancora legata e di avere il bavaglio alla bocca, doveva proprio essere reale.

Mentre Eloise era persa nei suoi pensieri, la musica proseguiva incessante, ripetendosi forse all'infinito.

La donna sapeva in cuor suo che non sarebbe uscita viva quella sera, sapeva cosa volesse quella persona da lei e soprattutto perché; il tutto fu come un fulmine a ciel sereno. Il cervello le riportò alla luce cose dimenticate e perse nel tempo che ora apparivano più vive che mai, facendole dimenticare dell'esistenza di amici, di una casa e di un cane, che, forse, non sospettava di nulla e dormiva beato sognando chissà cosa. Ora doveva solo attendere, attendere la prossima mossa. Eloise già immaginava che sarebbe stato terribile, ma mai si sarebbe aspettata di vedere ciò che i suoi occhi le avrebbero mostrato da lì a pochi secondi. E fu così che l'incubo, l'ultimo della sua vita, ebbe inizio.

La figura se ne stava in un angolo nella stanza aspettando il crescendo musicale e l'istante perfetto in cui agire. Aveva sempre avuto una passione particolare per Shostakovich e il suo *Jazz Suite No. 2* occupava un posto speciale nella sua personale playlist. Non aveva dimenticato la prima volta che udì quelle note, era impossibile farlo; ritornò in fretta alla realtà, era giunto il momento.

Accese le luci della stanza e immediatamente vide la donna pietrificarsi e sbarrare gli occhi, si agitò, come se dentro di lei ci fosse un uragano. Eloise strillò sputando fuori fino all'ultimo respiro e filo di voce, anche se il tutto venne attutito dal bavaglio che aveva stretto attorno alla bocca. Si dimenò, ma non si spostò di un solo centimetro, le gambe e i piedi scivolavano sul pavimento mentre scalciavano verso il vuoto nel tentativo di allontanare qualcosa, o qualcuno, o nello scopo di alzarsi da quel gelido pavimento. Il busto incominciò a roteare a destra a sinistra con la speranza di far spezzare quel nastro adesivo che le teneva legati i polsi. Impossibile liberarsi. L'agitazione le fece scendere di poco la spallina dell'abito blu da sera che indossava quel giorno, anche se non se ne accorse. Iniziò a sbattere i piedi contro il pavimento, il lume della ragione stava iniziando a spegnersi, e colpì con una forza sempre maggiore a tal punto che le caviglie pestate iniziarono a sanguinare. Dagli occhi, sempre sbarrati e fissi di fronte a lei, non uscì una sola lacrima e questo in effetti colpì la figura posta nell'angolo della sala, mentre era intenta a guardare quello spettacolo, il suo spettacolo.

Eloise continuava ad agitarsi in quei secondi che le parvero esseri anni, secoli e addirittura millenni. Il suo cervello era spento, non pensava più a nulla, non era più in grado di farlo. Tutti i suoi pensieri, i suoi ricordi, le sue idee, erano stati soppiantati in toto da ciò che i suoi occhi avevano visto e stavano vedendo, trasmettendo continuamente quella terribile immagine. Non si sarebbe mai aspettata di vedere ciò ma non ebbe nemmeno l'occasione di pensarlo e di chiedersi come facesse quella persona a sapere quello che lei riteneva essere il segreto più inconfessabile della sua intera vita.

La figura guardava con fare compiaciuto ciò che stava accadendo non molto lontano da sé. Era ancor meglio di quanto si fosse mai immaginato. In effetti l'emozione aveva creato parecchie aspettative e il fallimento era lì in agguato, pronto ad attaccare al minimo imprevisto e far saltare in aria tutti i piani. Tutto però era perfetto, come doveva essere.

Furono forse i secondi più belli e memorabili della sua vita: la musica continuava ad allietare le sue orecchie mentre poco più in là si udivano i calci di Eloise contro il pavimento, lo scivolare delle sue scarpe e lo sbattere del suo corpo contro il muro fino a quando l'orchestra non si arrestò.

Nella stanza tornò a regnare il silenzio, la composizione di Shostakovich giunse al termine e con un sincronismo a dir poco eccezionale e inquietante, la donna smise di agitarsi e il suo corpo cadde esanime sul pavimento gelido come una lapide.

La figura osservò Eloise, immobile, morta. Sorrise. La *missione* era stata compiuta.

2

Con il sorgere del nuovo giorno le nubi che ricoprivano il cielo di Parigi erano quasi sparite del tutto, spostandosi verso sud e liberando un timido sole che con estrema riservatezza illuminò la cupola dorata dell'*Hotel des Invalides*. Non troppo lontano da lì, in *Rue Barbet de Jouy* una sveglia suonava imperterrita come tutte le mattine, o quasi.

Séline si rigirò nel letto sperando che quel rumore infernale potesse finire da un momento all'altro ma non ci fu alcun verso: la sveglia proseguiva la propria fastidiosissima melodia. Da sotto le lenzuola, l'investigatrice allungò il braccio tastando il comodino fino a quando non trovò il tasto per riportare lo smartphone in modalità silenziosa. Séline si levò dal letto guardando l'ora, erano le 6:45 del mattino, e dopo aver farfugliato qualcosa a se stessa si alzò in direzione del bagno dove aprì l'acqua della doccia nell'attesa che raggiungesse la temperatura desiderata. Toccò il getto con una mano, lo regolò e si infilò velocemente sotto di esso, non rendendosi conto che in quel momento il suo telefono, lasciato sul comodino, stava già squillando.

Séline uscì dopo pochi minuti afferrando l'accappatoio e asciugandosi frettolosamente i capelli mori, lunghi, ma non come forse avrebbe sognato, troppo impegno e troppo tempo da dedicarvi e non possedeva né l'uno né l'altro. Il fisico era asciutto e scolpito, frutto di un costante allenamento e di una dieta ben equilibrata, anche perché non aveva il tempo per potersi dedicare agli eccessi. Secondo molti avrebbe potuto anche lavorare nel mondo della moda, grazie al suo volto armonioso e al suo sguardo penetrante, ma quell'universo non faceva per lei, non l'aveva mai attratta e ne era molto felice.

Séline ritornò in camera da letto dove prese un paio di pantaloni e una camicetta color turchese, e successivamente si diresse verso la cucina in cerca di qualcosa da poter mettere sotto i denti. Aprì il frigorifero ed estrasse un cartone di latte che versò in un bicchiere mentre con l'altra mano addentò un fragola, una delle prime di quella stagione.

Terminata la sua consueta routine mattutina, la donna afferrò il distintivo e lo smartphone, notando la presenza di ben cinque chiamate perse, tutte provenienti dal commissariato. Aprì la porta, la chiuse a chiave e scese verso il portone del palazzo mentre cercò di capire cosa diavolo fosse successo.

***

Il *Parc de la Villette* si trovava dall'altra parte della città e raggiungerlo per Séline era una vera e propria impresa, per questo motivo decise di affidarsi ai mezzi pubblici senza passare prima per il commissariato, dove avrebbe potuto reclutare una volante. Il parco, reso famoso per la presenza della *Géode*, è uno dei più grandi di Parigi e benché non avesse molto tempo libero, talvolta lo aveva visitato, soprattutto seguendo qualche concerto che si era tenuto nell'edificio *Zénith*, anche se dall'ultima volta erano passati ormai parecchi mesi.

Non appena uscì dalla stazione della metropolitana e si diresse verso la propria meta, l'investigatrice si rese subito conto che doveva essere successo qualcosa di importante, molto più importante di quanto avesse mai potuto immaginare.

"Venga subito al Parc de la Villette, c'è bisogno di lei", le aveva detto un agente al telefono in fretta e furia.

La prima cosa che Séline vide fu la folla di persone posta ai cancelli dell'ingresso principale per accedere alla *Cité des Science et de l'industrie* che si lamentava in più lingue: colse il francese, il tedesco e lo spagnolo. La donna accelerò il passo facendo saltellare sulla sua schiena la coda di cavallo che aveva preparato quella mattina con i suoi capelli; si fece largo tra i visitatori fino a giungere di fronte a un agente che cercava di rassicurare i turisti nel suo inglese maccheronico. Séline si tolse gli occhiali da sole scuri sfoggiando i suoi occhi celesti e glaciali in grado di riportare alla mente un paesaggio innevato e aprì la giacca per mostrare il distintivo: l'agente inizialmente non si accorse di lei continuando il dibattito con una vispa signora dai tratti orientali che rivendicava il suo diritto di entrare, sventolando il biglietto d'ingresso.

"Miss, no! You No! Nien! No!" disse l'ufficiale cercando di non perdere la pazienza. Séline si schiarì la voce per attirare la sua attenzione e il gesto funzionò. L'uomo si voltò rapidamente verso di lei con uno sguardo sorpreso e allo stesso tempo pieno di scuse per non averla notata prima, la salutò, alzò il nastro che delimitava l'area e l'accompagnò all'ingresso facendo cenno a un collega di occuparsi della signora che nel frattempo continuava a inveire a destra e a manca.

"Ben arrivata, la stanno aspettando all'interno del planetario". Disse l'agente congedandosi da lei.

"Il planetario?" chiese l'investigatrice un po' perplessa, che come risposta ebbe un cenno greve del capo. Séline varcò la soglia d'ingresso rimanendo impressa dal silenzio quasi totale che regnava lì dentro: niente vociare di bambini che strattonavano le giacche dei genitori e niente commenti sorpresi per quanto vi fosse esposto all'interno del padiglione.

Si fermò per osservare l'ambiente attorno a sé e trovare la giusta via per il planetario, quando vide altri agenti provenire dalla sua destra e istintivamente si diresse verso di loro; questi, senza che lei facesse il minimo cenno, le indicarono il punto del suo obiettivo, facendo vergognare in cuor suo l'investigatrice per non conoscere uno dei luoghi comunque più visitati della città.

Il planetario di Parigi si trova al secondo piano dell'edificio che ospita la *Cité des Science et de l'industrie* ed è uno dei più grandi di tutto il mondo. Séline prese l'ascensore e raggiunge la destinazione. Di fronte a sé c'era il commissario della *Police Nationale* intento a parlare con un altro agente e non poté fare a meno di notare come il signor Du Monde fosse sempre un bell'uomo, nonostante l'avanzata età e i capelli canuti ma comunque folti, l'esperienza e la sicurezza sul lavoro completavano il pacchetto. Francis aveva sempre avuto il dono di mostrare qualche anno in meno di quelli effettivi anche se la cinquantina era stata superata da un po'. Il fatto di vivere da solo lo aveva aiutato a non concedersi troppi sfizi culinari, dal momento che tra i fornelli non era certamente un fuoriclasse.

L'investigatrice avanzò a passo svelto, vogliosa di scoprire cosa la stesse aspettando da lì a qualche metro, Du Monde la notò e la salutò: il suo sguardo era preoccupato, come non lo aveva mai visto prima.

Era pur vero che le collaborazioni che Séline aveva fatto fino ad allora con la polizia francese, e con quella parigina in particolar modo, non erano state molte ma il commissario Du Monde si era dimostrato sempre un uomo tutto d'un pezzo, senza il minimo segnale di cedimento o di smarrimento, anche nelle situazioni più difficili e complesse. Questa volta era diverso, la donna lo aveva capito dai suoi occhi, e aveva perfettamente ragione.

"Ciao Séline, ben arrivata!" disse l'uomo.

"Che succede commissario? Cos'è tutta questa fretta e questo alone di mistero?" Nel porre questa domanda l'investigatrice capì che l'uomo di fronte a sé non le avrebbe mai risposto con parole sue.

"Ti prego, seguimi, vedrai tu stessa con i tuoi occhi". Du Monde fece un cenno con la mano facendo passare Séline davanti a lui, poi entrambi sparirono all'interno del planetario. La donna non appena varcò la soglia capì molte cose: il mistero, la fretta e la preoccupazione nello sguardo del commissario. Non aveva mia visto nulla di simile, mai.

***

L'imbarco per il volo verso Londra era già terminato da un po'. Dopo aver completato la propria missione, l'ultima persona che Eloise vide in vita era già seduta al proprio posto in attesa del decollo e con una nuova destinazione e una nuova *missione* in testa. Gli altri passeggeri continuavano a sistemare i propri bagagli nelle apposite cappelliere, ignari del fatto che tra loro si nascondesse un assassino, ansioso di spiccare il volo e raggiungere al più presto una nuova destinazione.

Dopo pochi minuti il comandate salutò i passeggeri augurando loro buon viaggio e informandoli sulle condizioni meteo che avrebbero trovato a Londra: soleggiato con poche nuvole.

I rombi del motore si fecero più assordanti nelle orecchie mentre tutti erano intenti ad allacciarsi la propria cintura e prepararsi per il decollo. Quella persona parve non curarsi di tutto ciò e nemmeno del bambino che cinque file più dietro piangeva e frignava perché voleva giocare con il suo Nintendo 3DS.

Lo sguardo di quel passeggero era fisso verso Parigi che nel frattempo si stava allontanando velocemente dalla sua vista ma anche questo non era importante, perché era consapevole del fatto che non si trattava di un addio ma di un semplice arrivederci.

L'aereo svoltò leggermente continuando a prendere quota fino a quando non raggiunse la rotta prestabilita; il segnale acustico avvertì che da quel momento era possibile slacciarsi la cintura. L'avviso fece rinvenire quella persona, che nel frattempo si stava perdendo nei propri pensieri ripercorrendo gli ultimi istanti di vita di Eloise; sorrise osservando le nuvole, quindi si voltò, si slacciò la cintura e appoggiò dolcemente la testa contro il morbido schienale blu scuro. Londra era sempre più vicina.

***

Séline si arrestò per un istante sulla soglia d'ingresso del planetario come se volesse fotografare nella sua memoria quell'immagine ed essere sicura che non stesse sognando. Gli altri agenti si erano già abituati a quella vista ma anche per loro, nonostante fossero già lì da diversi minuti, era sempre sorprendente.

Il corpo di Eloise giaceva a terra nella stanza con il capo chino sulla propria spalla destra e con gli occhi sbarrati, persi nel vuoto e colmi di terrore. Le sue braccia erano posate lungo il suo corpo, che indossava un elegante vestito, ideale per una serata da trascorrere in qualche locale in compagnia di amici e amiche. La cosa più strana fu però ciò che era posto di fronte a lei: una serie di specchi di svariate dimensioni la circondavano in ogni angolo, come soldati di un esercito pronti ad assediare il castello, che però in questa occasione era una donna già bella e morta.

Séline si avvicinò con cautela al cadavere zigzagando tra gli specchi cercando di non sfiorarli, per evitare di creare un effetto domino a dir poco dispiacevole. L'investigatrice si chinò fissando negli occhi la donna senza vita e un brivido gelato le salì lungo la schiena. La paura e il terrore giacevano in quelle pupille ora senza anima e fredde come il ghiaccio.

"Avete trovato così la scena del crimine?" chiese Séline rivolgendosi al capo commissario Du Monde.

"Proprio come la stai vedendo tu. Un addetto delle pulizie stava facendo il consueto sopralluogo mattutino prima dell'apertura e quando ha trovato *questo* ci ha contattato immediatamente". Rispose l'uomo laconicamente.

"Si sa qualche cosa sulla causa del decesso? Droghe?"

Il cervello della donna aveva iniziato a carburare. "Questi sono i suoi effetti personali?" chiese osservando una piccola borsetta posta accanto a lei.

"Esatto. Si tratta di Eloise Charcanelle. 32 anni. Impiegata. Stando per lo meno al documento d'identità. Per la causa del decesso e l'esame tossicologo sarà necessario attendere il risultato dell'autopsia, ma il medico legale è pronto a scommettere sull'arresto cardiaco". Furono le parole del commissario, che però parvero cadere nel vuoto. Lo sguardo di Séline era stato attirato da qualcosa in particolare: si infilò i guanti di lattice che tolse da una tasca della sua giacca ed esaminò i polsi della vittima, notando i segni lasciati dal nastro adesivo.

"È stata legata, quindi probabilmente rapita. Ma perché gli specchi?"

L'investigatrice muovendosi lentamente si mese a fianco del cadavere di Eloise e osservò di fronte a sé vedendo la propria immagine riflessa in quelli che saranno stati all'incirca una cinquantina, se non di più, di specchi di ogni forma e dimensione, tondi, rettangolari e quadrati; poi fissò il soffitto e si alzò.

"È tutto molto strano: perché i suoi effetti personali vicino a lei se è stata sequestrata? Ci sono contanti, gioielli e persino il suo smartphone. Perché poi tutti questi specchi?" continuò Séline chinandosi per guardare nuovamente dentro tutte quelle cornici "E perché il planetario? Sembra che non ci sia il minimo nesso logico tra tutto... questo!" concluse agitando le braccia e mostrando la scena del crimine più strana e bizzarra che avesse mai visto.

"Lo so, per questo abbiamo bisogno del tuo aiuto", concluse serafico il commissario.

I due guardarono un'ultima volta la scena del crimine, cercando di trovare un dettaglio che fosse sfuggito o un particolare a cui prima non avessero dato la giusta importanza. Non trovarono nulla.

Séline guardò nuovamente le mani di Eloise chiedendosi perché le fossero stati slegati i polsi; tutti i dubbi e le incertezze scorrevano nella sua mente come un treno ad alta velocità. Troppe stranezze e incongruenze a onor del vero. L'investigatrice sapeva però che dietro a questo macabro spettacolo c'era un unico filo conduttore che aveva portato l'assassino a escogitare tutto nei minimi dettagli.

L'investigatrice e il commissario diedero le ultime istruzioni agli agenti sul luogo, mentre uscirono dal planetario per dirigersi verso la centrale e provare a fare il punto della situazione. Séline seguì Du Monde ma dalla sua testa non volle andarsene il volto di Eloise, pietrificato con occhi e bocca spalancati. Ciò che la colpì maggiormente nello sguardo della vittima non fu tanto quella sensazione di paura e terrore, quanto quella piccola e impercettibile sfumatura di disperato aiuto che pareva invocare.

"Ti aiuterò io Eloise. Troverò chi ti ha fatto questo", sussurrò tra sé e sé mentre abbandonò il planetario in compagnia del commissario Du Monde.

3

Era una bella giornata a Londra, evento non così raro come la maggior parte della gente potrebbe credere, e molte persone avevano deciso di approfittare della piacevole temperatura per fare una breve corsa a *St. James's Park*, costeggiando il laghetto presente al suo interno.

Il parco, posto tra la residenza del primo ministro inglese e quella dei sovrani, *Buckingham Palace*, pullula ogni giorno di turisti, vogliosi di cimentarsi nel verde della capitale inglese e cercando di scattare la migliore fotografia possibile con lo scorcio perfetto per immortalare il proprio viaggio.

I londinesi ormai ci avevano fatto l'abitudine anche se il numero di visitatori sembrava continuare ad aumentare di anno in anno.

A Brianna importava poco o nulla del tempo. Sia che ci fosse il sole, sia che scendesse qualche goccia di pioggia, la sua corsa mattutina era indispensabile, le serviva per liberare e ricaricare la mente, o così diceva. Armata di iPod e con le inconfondibili cuffiette rosa, anche in quella giornata di primavera inoltrata, Brianna era pronta a uscire di casa e percorrere un paio di giri attorno al laghetto di *St. James's Park*, da effettuare rigorosamente in senso orario, era abituata così. Diede un'ultima occhiata fuori dalla finestra per controllare ancora una volta come fosse il cielo. Azzurrissimo. Sorrise, chiuse le tende, prese le chiavi di casa, chiuse la porta e si avviò verso l'uscita del palazzo facendo partire la prima canzone della sua playlist personale e posizionando l'iPod nell'apposita custodia che aveva fissato al braccio destro. *Back in Black* degli *AC/DC* partì a tutto volume quindi Brianne scese le scale, aprì il portone di ingresso e sulla soglia trovo Paul, il suo vicino di casa, di ritorno dalla sua corsa mattutina.

Anche lui era un corridore ed era già capitato che qualche volta i due avessero fatto una scampagnata insieme, soprattutto nelle domeniche più calde. Brianna lo aveva sempre trovato molto attraente e un po' le piaceva ma non aveva mai trovato il coraggio di parlargli. Quella mattina lo salutò timidamente e gli lasciò il portone aperto per facilitargli l'ingresso, lui contraccambiò con un sorriso che la ragazza trovò meraviglioso, il più bello di tutta Londra. Arrossì un poco, poi corse via facendo ciondolare i suoi capelli biondo platino dirigendosi verso *Birdcage Walk*; sorridendo, pensò tra sé e sé che quella sera lo avrebbe invitato a cena, finalmente. La sua giornata non avrebbe mai potuto iniziare in un modo migliore.

Paul vide la giovane donna allontanarsi con passo spedito e sorrise pensando a quanto fosse sempre stata gentile nei suoi confronti. Egli però non sapeva nulla dei pensieri di Brianna e soprattutto non sapeva che i suoi occhi non avrebbero più visto nessun'altra persona, o quasi.

***

Nella centrale c'era trambusto e tensione, lo si avvertiva nell'aria e nonostante Séline non fosse troppo avvezza del posto, lo aveva percepito nettamente. L'omicidio di Eloise Charcanelle aveva scosso l'intero commissariato.

Du Monde le fece strada mentre non poté fare a meno di notare agenti indaffarati nel rispondere ai telefoni e nel correre da tutte le parti sventolando fogli e documenti. L'investigatrice non era sicura del fatto che stessero lavorando tutti per l'omicidio del planetario ma la percentuale di persone dedicate al caso doveva essere molto alta.

"Seguimi!" disse il commissario svegliando Séline dai propri pensieri e indicando una sala conferenze già occupata da quello che doveva essere il medico legale, dato il camice bianco che indossava.

Francis Du Monde spinse la porta di vetro facendo accomodare prima la sua accompagnatrice che si sorprese del silenzio che regnava all'interno di quelle quattro mura, specialmente se confrontato con il frastuono presente nelle altre sale dell'edificio.

"Buongiorno! Sono Michel Doumburt, medico legale". L'uomo si presentò porgendo la mano che non nascondeva i segni dell'età e degli innumerevoli anni di esperienza nell'obitorio della centrale. Séline contraccambiò il saluto, ignorando di precisare come in realtà si fossero già conosciuti un paio di anni addietro.

"Dimmi che hai buone notizie per noi Michel..." disse il commissario con un tono della voce praticamente prossimo alla supplica.

"Ho delle notizie, ma dovrete essere voi a decidere se siano buone o cattive - esordì il medico. - Dai primi esami svolti posso confermare che la morte è avvenuta per un arresto cardiaco. Per l'esame tossicologico sarà invece necessario ancora attendere del tempo".

"Arresto cardiaco? Per una donna di 32 anni in apparente ottimo stato di salute?" Séline parve non voler credere alle parole pronunciate dall'esperto medico, lasciandosi sfuggire il cattivo pensiero che forse per lui fosse giunto il momento di andare in pensione.

"So che può sembrare strano e non è escluso che le sia stata somministrata qualche sostanza stupefacente che le abbia provocato la morte". Michel aveva notato dello scetticismo nelle parole della donna e la sua risposta fu abbastanza stizzita.

In quel momento un agente bussò alla porta, Du Monde fece un cenno con la mano e il giovane ragazzo lasciò un foglio di carta che consegnò nelle mani del medico legale, per poi congedarsi con estrema fretta e timidezza.

"Ah! Ecco il rapporto tossicologico!" esclamò con gioia Michel, che afferrò il documento con entrambe le mani e lo lesse avidamente senza dare alcuna risposta agli altri presenti nella sala.

"Quindi? Che succede?" fu costretto a dire il commissario Du Monde dato che non arrivò alcuna risposta dall'uomo con il camice.

"Sì, sì. Solo che questo è strano..." farfugliò il medico. Queste parole, chissà perché, non sorpresero Séline dato che aveva ormai capito che in quel caso di omicidio non ci sarebbe stato nulla di normale "LSD. Piccole dosi di LSD ma non tali da mandarla in overdose e provocare un arresto cardiaco".

"E cosa può essere stato?" Francis era smarrito come non mai prima d'ora. Non aveva nulla a cui potersi aggrappare.

Guardò Séline cercando di trovare un conforto nell'investigatrice ma la donna parve essere assente e con la testa altrove, poi d'improvviso, sbatté le ciglia molto velocemente, come se avesse avuto un'idea e una metaforica lampadina di Archimede si fosse accesa sopra la sua testa.

"E se fosse stata qualche sostanza già sparita dal suo corpo?" ribatté l'investigatrice che in tutta risposta colse gli sguardi straniti dei due uomini.

"Non è impossibile ma è estremamente difficile" sentenziò il medico facendo ricadere lo sconforto sui due agenti, che si soffermarono sulle foto della scena del crimine appesa su una lavagna bianca che occupava quasi per intero una parete della stanza.

"Vado a prendermi un caffè, ne ho tremendamente bisogno". Disse il commissario che uscì dalla sala con il medico legale. I due borbottarono qualcosa, mentre Séline decise di restare all'interno della stanza senza alcuna compagnia, sola con i suoi pensieri, con i suoi dubbi e le sue preoccupazioni.

***

Nella periferia di Parigi, nella campagna francese, la villa, che in realtà sembrava più essere un lussuoso castello, si ergeva imponente tra gli alberi e dimenticata da tutti o quasi. Quella notte, prima di prendere il volo per Londra, l'uomo non si era dimenticato di passare, non avrebbe mai potuto e dovuto farlo. Eloise non lo aveva tenuto impegnato più del previsto. Ormai il percorso lo conosceva a memoria: parcheggiò l'auto nel solito posto, varcò la soglia di ingresso, superò l'ampio salone e salì le scale per raggiungere il piano superiore.

Fece qualche passo lungo il corridoio che aveva poche luci accese, data l'ora decisamente tarda. L'uomo però non poté fare a meno di sentirsi lusingato per quel trattamento speciale che gli era stato riservato. Solo a lui. Il percorso era già impresso nella sua memoria, la porta sulla destra era già socchiusa, pronta ad accoglierlo; ogni volta però l'uomo riusciva ad emozionarsi, come se fosse la prima volta, il suo cuore batteva forte. Si fermò di fronte alla porta, respirò profondamente per farsi coraggio e timidamente spostò l'uscio, con il massimo rispetto possibile. Non ottenne nessuna risposta dall'interno della stanza ma se lo aspettava, era così da sempre.

L'uomo entrò di soppiatto e richiuse dolcemente la porta. Era un onore essere lì anche se non aveva molto tempo a disposizione. Un aereo per Londra lo stava aspettando.

***

Francis sorseggiò lentamente il suo caffè, anche se quella bevanda sapeva poco di caffè e molto di acqua calda ma, qualsiasi cosa fosse, andava bene in una situazione simile. Le foto della scena del crimine campeggiavano di fronte a lui come se volessero urlargli qualcosa anche se in quel momento egli pareva non essere in grado di sentire nulla, come se fosse completamente sordo. Di fianco a lui Séline osservava le stesse fotografie parlando tra sé e sé e indicando con una penna, qua e là, alcuni dettagli.

"Dobbiamo iniziare a indagare tra i dipendenti del museo! - esclamò improvvisamente l'investigatrice - E dobbiamo cercare qualche possibile legame tra uno di loro e la vittima. Scuola, tempo libero, qualche hobby o qualche corso particolare. Qualsiasi legame. Cerchiamo di capire inoltre la provenienza di questi specchi", concluse la donna che si soffermò in particolare su una fotografia che inquadrava uno dei tanti specchi presenti nel planetario quel giorno.

Il commissario Du Monde non si fece troppe domande e uscì per dare istruzioni ad alcuni agenti. L'uomo rientrò e rimase curiosamente stupito, e al contempo perplesso, da ciò che stava facendo la collega. Gli parve di vedere una di quelle vecchiette intente a fissare da vicino, molto vicino, le etichette dei prodotti nei supermercati per cercare di leggere anche la più piccola nota stampata sul cartone. Sapeva però che quel pensiero sarebbe dovuto restare dentro di sé, Séline non l'avrebbe mai presa bene, o almeno così pensava.

"Commissario! Commissario! Abbiamo sbagliato! Diamine, come ho fatto a non accorgermene prima? Maledizione!" l'investigatrice si maledì e di corsa uscì dalla sala conferenze. Du Monde si scostò non volendo ostacolare quello che sembrava essere un treno senza fermate diretto contro di lui; il commissario si affrettò a seguirla.

"Dove stai andando?" le urlò.

"Stai? Stiamo andando! Dobbiamo tornare sulla scena del crimine, ci è sfuggito un enorme dettaglio". Séline non si perdonò per non aver visto quel particolare che avrebbe potuto dare la svolta all'indagine e dare finalmente a Eloise quell'aiuto che tanto aveva sperato di ottenere.

***

Paul vide Brianna sparire dalla sua vista prima di entrare nel portone di ingresso. Salì le scale fino a quando non arrivò di fronte alla porta del proprio appartamento, prese la piccola chiave e la inserì nella fessura facendo due giri della serratura e arrestandosi per qualche secondo cercando di ricordare quanti ne avesse fatti diversi minuti prima, forse tre. Sospirò, convinto di essere vittima di troppe paranoie ed entrò così in casa, finalmente.

L'uomo superò il piccolo corridoio d'ingresso e svoltò a destra dirigendosi verso il bagno, dove iniziò a riempire la vasca per potersi fare un bel bagno ristoratore. Il getto d'acqua scendeva molto lentamente, da tempo Paul aveva bisogno di un idraulico ma non si era mai preso la briga di cercarne uno.

Velocemente si spostò nella camera da letto e prese alcuni indumenti puliti, poi tornò in bagno e si guardò allo specchio, nella ricerca di chissà cosa. Aprì l'antina di fronte a lui ed estrasse lo shampoo, la richiuse e iniziò a spogliarsi togliendosi prima i pantaloncini poi la maglietta. Imprecando tra sé e sé si ricordò di essersi dimenticato il balsamo per capelli, riaprì l'antina posta sopra il lavabo, lo cercò, lo prese e richiuse lo sportello. Fu in quel momento che l'oggetto che aveva appena afferrato gli cadde pressoché istantaneamente dalla mano.

Durò tutto una manciata di secondi e non ebbe tempo di capire cosa stesse succedendo: fu tutto convulso, agitato ed estremamente breve, come un lampo estivo nei cieli d'agosto. Ricordò distintamente solo un paio di cose: quel volto, indimenticabile, e il buio che lo avvolse facendogli perdere i sensi.

4

La volante della polizia stava sfrecciando ad altissima velocità tra le vie della capitale francese, imboccando rapidamente *Avenue de Flandre* per ritornare al planetario nel più breve tempo possibile.

Seduta sul sedile posteriore dell'auto, Séline cercò di immaginare cosa avrebbe scoperto da lì a poco ma le risultò difficile formulare qualsiasi stralcio di ipotesi. Il suo sguardo si perse per un istante nel vuoto fissando fuori dal finestrino dove alberi e palazzi erano diventati macchie verdi e multicolore che si succedevano con estrema velocità a intervalli più o meno regolari, mentre la sirena della vettura sulla quale viaggiava pareva essere d'ovatta e lontana chissà quanti chilometri.

La frenata dell'auto fece rinsavire l'investigatrice che rapidamente aprì la portiera e seguì il commissario, già avanti di qualche passo. La situazione rispetto a qualche ora prima era decisamente differente: i turisti e i curiosi erano aumentati a vista d'occhio, anche a causa della presenza della stampa, che nel frattempo aveva occupato tutto lo spazio adiacente l'ingresso della *Cité des sciences et de l'industrie* per poter effettuare collegamenti costanti con i diversi telegiornali nazionali e internazionali.

Un ingresso riservato e secondario permise a Séline di evitare quella confusione ed entrare nell'edificio senza essere vista.

Il commissario Du Monde le fece strada anche se ormai aveva imparato a memoria il percorso da effettuare per giungere al planetario. Gli agenti presenti sulla scena del crimine erano diminuiti ed era rimasto praticamente solo qualche membro della scientifica intento a raccogliere le ultime prove, catalogare gli ultimi dati e scattare le ultime foto. L'investigatrice notò fin da subito l'assenza del cadavere di Eloise, il cui vuoto lasciato le parve provocare una leggera fitta nello stomaco. Senza sapere il perché, si rese conto di aver stretto un legame con quella donna, nonostante non l'avesse mai conosciuta o non l'avesse mai vista in vita.

Camminando verso gli specchi ancora presenti sul pavimento, Séline notò come Francis la stesse guardando con attenzione, nella speranza di avere una risposta a tutto questo trambusto e sapere così per quale motivo fossero tornati in fretta e furia al planetario.

La donna lo ignorò e si mise seduta pressapoco dove fino a poco tempo prima si trovava il corpo senza vita di Eloise e iniziò a fissare gli specchi di fronte a lei, lasciando il commissario ancora più perplesso di quanto non lo fosse già. Dopo una manciata di secondi, si alzò e si avviò diretta verso una di quelle lastre.

"Non era facile accorgersene - esordì l'investigatrice che nel frattempo stava indossando i guanti di lattice su entrambe le mani. - Qui non ci sono solo specchi".

Du Monde in quel momento corrugò la fronte cercando di capire cosa volesse dire la collega anche se sapeva che da lì a poco avrebbe avuto tutte le risposte.

"Cos'è questo?" chiese Séline afferrando uno specchio e mostrandolo al commissario che non poté fare a meno di sentirsi un po' stupido in quell'occasione.

"Ehm... Uno specchio". Disse temendo di aver detto qualcosa di sbagliato.

"E questo?" chiese nuovamente sollevandone uno circolare.

"Sempre uno specchio". L'uomo ora era curioso di sapere dove lo avrebbe portato questa 'commedia'.

"E questo?"

"Uno sp... - Du Monde si interruppe, quello che gli stava mostrando Séline non era uno specchio, infatti non stava vedendo riflessa la propria immagine come nei casi precedenti. - "È un comunissimo vetro".

"Proprio così! All'inizio non lo avevo notato neppure io. Ma perché un vetro in mezzo a tutti questi specchi? È stata una fotografia scattata da una particolare inquadratura a farmelo notare. L'assassino lo ha posto tra due specchi, per farlo mimetizzare alla perfezione e non farcelo trovare. Ma in questo ha fallito". La donna stava roteando tra le mani l'oggetto di forma rettangolare cercando un qualche pertugio nella cornice.

"Séline! Guarda qui!" Du Monde nel frattempo le si era messo accanto in quella che gli pareva essere diventata una caccia al tesoro.

I due si chinarono a terra poggiando delicatamente il vetro evitando che si frantumasse in mille pezzi. La cornice pareva essere stata tagliata lungo il bordo che era stato posto a terra e all'interno di quella fessura pareva esserci nascosto qualcosa. Séline fece un po' di forza e la cornice si aprì in due senza troppa difficoltà lasciando fuoriuscire un piccolo lembo di carta; lo prese, e benché fosse ansiosa di conoscere il contenuto, lo srotolò con molta calma, evitando di rovinarlo in qualsiasi modo.

Il suo cuore stava battendo all'impazzata. Sapeva che quello che aveva tra le mani era un messaggio dell'assassino, lasciato lì appositamente per loro, era il primo indizio da cui partire con le indagini.

Il piccolo foglietto di carta si stava srotolando piano e quando l'operazione venne finalmente completata, la donna si ritrovò di fronte a qualcosa di inaspettato e imprevisto, non capendone il significato. I due si guardano nella speranza che l'altro avesse la risposta giusta, ma questo non accadde. Il commissario e l'investigatrice tornarono a fissare quel lembo di carta cercando di capirci qualcosa. Qualsiasi cosa.

***

Quando Paul riprese conoscenza aveva già le caviglie legate, i polsi ammanettati ed era già stato imbavagliato e bendato. Non vedeva nulla, non poteva gridare e non poteva muoversi, gli sembrò di essere come un topo in gabbia; cercò di utilizzare gli unici sensi liberi da impedimenti: l'udito e l'olfatto.

A Paul non parve di sentire il minimo sussulto anche se aveva le orecchie tese come una corda di violino. Nulla. Niente di niente. Con il naso inspirò invece una sottilissima aria fresca, quasi fredda e a tratti pungente. Era certo di trovarsi in un luogo chiuso e pulito, praticamente inodore. Con i polpastrelli tastò il pavimento ai suoi piedi: liscio, freddissimo, marmo. Riuscì a toccare un'area di qualche centimetro senza incontrare la minima crepatura o il più piccolo difetto, come se stesse accarezzando una tavolozza d'olio priva di imperfezioni. Cercò un appoggio con la schiena ma non trovò nulla, quindi si arrestò per evitare di cadere: Paul si fermò e pensò. Ricordò.

La mente lo aveva riportato nel suo appartamento, nel suo bagno e infine a quel volto. In quel preciso momento una miriade di domande lo colpirono come una scarica di proiettili senza fine. Non poteva credere che fosse stato quell'uomo a portarlo *lì* e a sottoporlo a *tutto questo*. Aprì tutti i cassetti della sua memoria anche se non riuscì a trovare in alcun modo un fatto che potesse spiegare quella situazione. Con quella persona non aveva mai avuto qualche problema o discussione, o così ricordava. Lo aveva già visto altre volte nel suo recente passato ma tra loro non si era mai instaurata alcuna sorta di rapporto.

Paul continuava a non capire cosa gli stesse succedendo ma al contempo ignorava che da lì a poco tutte le sue domande avrebbero trovato risposta.

***

Séline Brunet era sempre stata una bambina vivace, a cui piaceva giocare all'aperto e che aveva uno spiccato interesse per i puzzle. Non aveva idea di quanti ne avesse completati nella sua vita, ma erano stati sicuramente parecchi, molti, tantissimi. Con il passare degli anni, man mano che cresceva, non aveva mai perso lo stimolo nei confronti di questo hobby, che forse era addirittura cresciuto di pari passo con la sua età.

La passione per gli enigmi e i misteri era qualcosa di innato in lei, non ricordava come fosse iniziata, sapeva solo che era parte di lei, da sempre. Questo interesse le era stato di grande aiuto, soprattutto quando suo padre, un agente della polizia, venne ucciso durante una sparatoria avvenuta per una stupida e maledetta rapina.

La madre di Séline, da cui l'investigatrice aveva ereditato la bellezza proveniente dalle terre russe, riuscì a farsi forza dopo un periodo iniziale molto difficile, durante il quale faticò a mangiare e ad alzarsi dal letto, e aiutò la figlia a coronare il suo sogno: ripercorrere le orme del padre. Quello fu uno dei motivi che la spinse a diventare un'investigatrice, quella fu la molla che le fece abbracciare questo mondo, anche se il suo più grande enigma, scoprire l'identità dell'omicida dell'agente Brunet, era tutt'ora irrisolto.

Era convinta però che con il tempo, prima o poi, la verità sarebbe venuta a galla, una volta per tutte.

Ora Séline teneva in mano un piccolo pezzo di carta, cavato fuori da una cornice di un pezzo di vetro su una scena del crimine piena di specchi. Senza dubbio questo era uno dei puzzle più complessi e intriganti che avesse mai incontrato.

Scambiò uno sguardo con il commissario Du Monde prima di gettare nuovamente gli occhi sulla piccola fotografia che teneva tra le dita, le cui dimensioni si aggiravano attorno ai 5cm, e che raffigurava il volto di una bambina sorridente. Sul retro campeggiava, stampato in nero, il numero romano XV. La foto un tempo doveva essere a colori anche se il passare degli anni ne avevano fatto perdere la vivacità e la brillantezza.

"Cosa significa questo?" Fu il commissario a rompere il ghiaccio.

"Non lo so ancora ma una cosa è certa: conosciamo questa bambina". Rispose Séline mentre era intenta a depositare il reperto in una busta di plastica trasparente. Eloise Charcanelle doveva avere tredici o quattordici anni in quella fotografia, al massimo sedici, non di più.

L'investigatrice però era attratta maggiormente dal numero XV stampato sul retro, sapeva che il vero indizio per questo caso sarebbe passato da lì.

"Ora dobbiamo tornare in centrale e vedere se abbiamo ricavato qualcosa dai nomi dei dipendenti del museo, dai video della sorveglianza o dalla casa di Eloise. Dobbiamo cercare di fare chiarezza il più velocemente possibile".

Séline sperava infatti di poter risolvere questo omicidio in poco tempo, anche per evitare che l'interesse della stampa potesse continuare a crescere a dismisura e creare ulteriori complicazioni, facendo cadere il disonore e l'imbarazzo sull'intero corpo di polizia per non essere in grado di risolvere il caso.

"Sì, certo. Subito". Il commissario Du Monde rispose dopo qualche secondo, come se le parole della donna lo avessero riportato alla realtà da pensieri lontani, nello spazio e nel tempo e dimenticati da tutti su questo pianeta, o quasi.

5

Il tempo stava cambiando rapidamente a Londra, la capitale inglese iniziava a ricoprirsi di nuvole, di nuovo. Un vento deciso si insinuava tra le vie della metropoli facendo oscillare i rami degli alberi ad ogni suo singolo soffio e creando una sorta di composizione musicale grazie alle foglie che sbattevano tra loro amplificandone il suono. Una folata un po' più forte rispetto alle precedenti fece svegliare di soprassalto Paul, che nel frattempo aveva perso di nuovo conoscenza, smarrendo così la cognizione del tempo mentre quella dello spazio era sparita già da un po'.

L'uomo ignorava come là fuori, ovunque si trovasse, fosse già calata la notte e tanto meno immaginava che non avrebbe mai più rivisto la luce del sole. Non poteva saperlo e non ci voleva nemmeno pensare.

La sua situazione non era cambiata rispetto a prima: manette ai polsi, caviglie legate, bavaglio alla bocca e benda sugli occhi. Tutto come prima, solo che nel frattempo era passato del tempo, ma chissà quanto. L'unica differenza sostanziale era il forte sibilare del vento: lo sentiva distintamente soffiare con veemenza fuori dall'edificio nel quale si trovava e frantumarsi contro il vetro di alcune finestre che non dovevano distare troppo dalla sua posizione attuale. Questo gli fornì quindi un nuovo piccolo dettaglio sul luogo nel quale era stato portato anche se da quel piccolo dato era impossibile carpire la sua esatta ubicazione. Egli sapeva bene quanto il tempo a Londra fosse in grado di cambiare con una discreta rapidità e iniziò a fare congetture sentendosi un meteorologo in erba, ipotizzando addirittura di trovarsi in un luogo differente dalla capitale inglese.

Il trascorrere dei minuti non faceva altro che aumentare i dubbi e le insicurezze e riempirgli il cervello di mille nuove domande. Paul provò a respirare profondamente con il naso per tranquillizzarsi ed evitare di farsi cogliere dal panico: era abituato a lavorare sotto pressione ma era innegabile che quella fosse una pressione totalmente diversa.

Non sapeva perché si trovasse lì e soprattutto perché quell'uomo lo avesse rapito. Conosceva l'identità di quella persona ma nei suoi ricordi, nelle sue nozioni e informazioni, non c'era un solo motivo che lo avesse potuto portare al compimento di quel gesto. Nessuno. Paul ne era convinto.

***

Brianna aveva pulito da cima a fondo il proprio appartamento quella sera. Non voleva fare brutta figura, per lo meno non con lui. Per l'occasione aveva sfoggiato anche un abito rosso, corto al punto giusto e scollato nel punto giusto. Voleva fare colpo su Paul, era decisa. Lo avrebbe fatto quella sera e non avrebbe aspettato un giorno di più. Diede un'ultima occhiata alla tavola già preparata in ogni piccolo dettaglio: un bottiglia di vino rosso troneggiava al centro e un paio di calici vuoti erano pronti per essere riempiti; a quel punto mancava solo lui, l'invitato speciale.

Brianna prese le chiavi di casa e uscì, attraversò il pianerottolo e salì la rampa di scale per poi fermarsi di fronte all'appartamento di Paul. Si sistemò i capelli biondi e il vestito, poi fece un grosso sospiro, si fece coraggio e bussò. Tese l'orecchio per sentire se dall'interno provenisse qualche rumore, dei passi o il vociare del televisore accesso. Niente. Silenzio assoluto. Provò a suonare il campanello posto vicino alla porta d'ingresso, pensando che, in effetti, Paul potesse non trovarsi in casa, dal momento che anche in questo caso non ottenne alcuna risposta dall'interno. Brianna si era ormai convinta che il suo piano sarebbe saltato, ma prima di tornare nel proprio appartamento fece un ultimo tentativo: bussò nuovamente alla porta di Paul, ma con più forza rispetto a quanto fatto in precedenza. L'uscio, con estrema sorpresa della donna, si aprì lentamente, era sempre stato socchiuso senza che lo sapesse.

"Permesso, c'è nessuno? Paul?" chiese molto timidamente spingendo la porta e facendo comparire di fronte a sé il corridoio d'ingresso dell'appartamento.

La donna guardò all'interno con molta curiosità ma anche con una certa discrezione; lentamente avanzò cercando di non fare troppo rumore con i tacchi delle sue scarpe, rosse come il vestito.

"Paul?" chiese nuovamente con un tono di voce più alto. Si spostò i capelli dietro le orecchie e quindi si fece coraggio: avanzò verso il salone, che però trovò vuoto. Il televisore era spento e nessun oggetto pareva essere fuori posto; non era la prima volta che metteva piede in quell'appartamento, in passato lo aveva già "visitato" nella ricerca di un po' di zucchero, ma questa era la prima occasione in cui poteva esaminare anche i più piccoli dettagli di un appartamento dallo spiccato gusto maschile, intuibile anche dalle riviste poggiate sul tavolino e dai molteplici oggetti tecnologici sparsi qua e là lungo tutta la stanza.

Mentre era intenta a osservare questi particolari, Brianna sentì un rumore provenire da un'altra stanza; si diresse quindi verso un breve corridoio che attraversò velocemente e non appena entrò in cucina si rese conto come il suo vero obiettivo fosse il bagno. Affrettò quindi il passo, non curandosi questa volta del ticchettio delle scarpe che riecheggiava sul pavimento e non appena vide la porta spalancata gettò lo sguardo al suo interno e lo spettacolo che vide non le piacque. Per niente.

***

Le notizie ricevute al suo ritorno in centrale non avevano fatto felice Séline, tutt'altro. Dall'elenco dei dipendenti della *Cité des Scienze et de l'Industrie* non era possibile ricavare nulla: nessun nome aveva mai avuto un legame, per lo meno apparente, con Eloise. Le telecamere non avevano portato nulla di buono: erano state disattivate poco dopo la chiusura del museo e con ogni probabilità direttamente dall'assassino, che sembrava conoscere perfettamente ogni piccolo dettaglio della struttura e del suo funzionamento.

Lei e il commissario si ritrovarono così chiusi nuovamente in quella stanza dove poche ore prima avevano incontrato il medico legale, intrappolati in un vicolo cieco e con la mente decisamente sovraccarica di pensieri, in una giornata così intensa che non aveva portato a nulla di concreto. Al contrario aveva solo dato vita a nuovi dubbi e a nuovi interrogativi che per il momento parevano avere le risposte lontane, lontanissime.

"Forse dovresti andare a dormire e riposare. Domattina ci ritufferemo sul caso e con la mente più lucida analizzeremo le prove che abbiamo raccolto". Francis si avvicinò all'investigatrice parlandole con un tono affettuoso, quasi paterno.

"Sì, forse hai ragione". Séline sapeva che le parole del commissario celavano al loro interno la verità anche se cercava di convincersi che non fosse così. L'investigatrice stava sfogliando alcuni reperti raccolti dalla casa di Eloise, in particolare un paio di album di fotografie, nella speranza di trovare il più piccolo indizio legato a quanto recuperato sulla scena del crimine.

Pronta ormai ad arrendersi, la donna notò, all'interno di una pagina, un vuoto sospetto: istintivamente prese la prova, ancora dentro nella sua bustina trasparente, e la poggiò nello spazio vuoto entrandoci senza alcun problema. Séline sorrise ma, forse per la stanchezza, non si rese conto come quello spazio fosse decisamente grande per una fotografia di quelle dimensioni.

***

I primi agenti erano già sul luogo e stavano analizzando l'appartamento in lungo e largo. Brianna dal canto suo se ne stava seduta sul divano, in lacrime, cercando di rispondere, tra i singhiozzi prolungati, a qualche domanda posta dagli ufficiali, anche se le parole fornite dalla donna erano sempre quelle, da diversi minuti.

L'immagine del bagno di Paul era vivida nella sua memoria: a terra aveva trovato una decina di oggetti, tra flaconi di medicinali, shampoo e lozioni per la cura del corpo di ogni genere. La vasca era quasi stracolma d'acqua con una piccola goccia che usciva dal rubinetto con intervalli lenti ma regolari; proprio quel rumore aveva catturato l'attenzione della donna. La cosa che più aveva allarmato Brianna, nel caso questo non fosse stato sufficiente, era però la parete opposta allo specchio: il poggia-asciugamani era stato divelto dalla ceramica creando una considerevole voragine nell'intonaco del muro. La caduta a terra della sbarra d'acciaio inoltre aveva rovinato anche il pavimento ammaccando diverse piastrelle. L'unica consolazione, per lo meno apparente, era l'assenza anche della più piccola goccia di sangue.

A parte queste considerazioni, che Brianna continuava a ripetere in tutta rapidità nella sua mente, non era necessario scomodare i grandi maestri dell'investigazione per capire che Paul fosse stato rapito. La donna a fatica riuscì a smettere di piangere e guardò fuori dalla finestra con aria malinconica e profondamente addolorata.

"Dove sei Paul? Dove sei?" sussurrò cercando di trovare sollievo in una notte priva di stelle e con un vento che soffiava veementemente, scuotendo le fronde degli alberi che ora parevano ergersi come creature malefiche pronte a staccarsi dal suolo e a distruggere ogni casa della città.

Brianna ignorava che Paul fosse ancora vivo, anche se lo sperava ardentemente in cuor suo, e soprattutto non aveva la minima idea di chi potesse aver rapito il suo appuntamento.

***

I rumori di alcuni passi avevano attirato l'attenzione di Paul. Non era più solo, o forse non lo era mai stato, ma questo non poteva saperlo. L'uomo si voltò verso la propria destra, conscio del fatto che non fosse in grado di vedere alcunché: da quella zona stava arrivando il rumore dei passi, lenti ma continui e che si avvicinavano a lui di secondo in secondo. Paul provò a farfugliare qualcosa ma il bavaglio gli strozzò le parole in gola.

"Non serve Paul, non sforzarti, non serve a nulla!" esclamò l'uomo che ormai era giunto nei pressi del suo prigioniero, il quale, a sua volta, cercò di sbarrare gli occhi, per quanto la benda non lo consentisse.

"Lo sai perché sei qui vero? Certo che lo sai, ma forse lo hai dimenticato".

A Paul parve che quell'uomo volesse giocare con lui e questa cosa non gli piacque per niente. Il prigioniero rimase in attesa di nuove parole che però non giunsero per diversi secondi, che parvero minuti interminabili, strazianti e logoranti.

Le orecchie di Paul erano tese verso l'oscurità, in attesa del minimo rumore, anche il più impercettibile. A sorpresa però, in un batter d'occhio, la benda che lo rendeva cieco saltò via come una molla permettendogli di vedere per la prima volta dove si trovasse.

L'uomo però non notò alcuna differenza, attorno a lui regnava l'oscurità, leggermente smossa dalla luce notturna che si irradiava in quella che sembrava essere più che una stanza, una sorta di immenso atrio senza fine.

Mosse velocemente il capo a destra e a sinistra per cercare di scorgere anche la più piccola ombra che potesse svelare la presenza di quell'uomo che lo aveva rapito e portato lì. Cercò di aguzzare la vista come un predatore intento nell'osservare la propria preda nel cuore della notte, ma non vide nulla, sentì solamente il vento soffiare ancora più forte e con maggiore insistenza là fuori.

L'aria sibilava in un modo ancor più sinistro, poi i passi tornarono a farsi sentire, sempre più vicini: Paul si dimenò cercando di allontanarsi da quell'uomo, ma la parete gli impedì di spostarsi anche di un solo centimetro e il pavimento scivoloso fece il resto del lavoro. Era in trappola. Un topo in trappola.

Nella sala calò nuovamente il silenzio, poi una voce tenue e poche parole sussurrate nell'orecchio fecero destare Paul e in quel preciso istante conobbe tutte le risposte alle sue domande e tutti i suoi dubbi vennero sciolti. Allo stesso tempo seppe però che non sarebbe mai uscito vivo da lì.

6

Quella mattina sul cielo di Parigi era sorto un sole pallido che a stento scaldava i passanti e i primi turisti già a passeggio per la capitale francese si destreggiavano con cartine, libretti turistici e ovviamente i più avezzi alle nuove tecnologie utilizzavano anche i tablet. Una discreta folla stava già circondando la piramide di vetro sul piazzale del *Louvre* con decine di macchine fotografiche intente a immortalare lo scatto più suggestivo e originale. Non lontano da lì, i primi *Bateaux-Mouches* si muovevano lenti lungo la Senna facendo riecheggiare il rumore del proprio motore attraverso gli archi dei ponti che attraversavano il fiume.

La basilica del Sacro Cuore di *Montmartre* svettava con il suo colore bianco, anche se quella mattina il sole non ne risaltava lo splendore e la maestosità. Parigi si apprestava a iniziare una nuova giornata, apparentemente uguale a tutte le altre: la maggior parte degli abitanti della capitale francese aveva ascoltato di striscio le notizie passate dal telegiornale e l'omicidio avvenuto alla *Cité des Sciences et de l'Industrie* appariva ora solamente come un sentito dire e nulla di più.

Séline invece era sveglia già da un paio d'ore, distesa nel proprio letto e intenta a fissare il soffitto della camera. Aveva provato a prendere sonno, ma la mente le aveva giocato brutti scherzi, facendole ricordare in un modo vivido come non mai, il volto di Eloise, disperato, terrorizzato e senza vita.

L'investigatrice aveva deciso che non avrebbe dormito quella notte, e così fu. Aveva sentito la sveglia suonare, ma questa volta non le aveva dato fastidio, aveva solo risvegliato in lei una nuova sensazione di angoscia e timore, la paura di non riuscire a trovare le risposte giuste che stava cercando avidamente. La fotografia e il numero XV erano impresse nella sua mente ma al momento ne ignorava il significato.

Si levò dal letto, pronta ad affrontare quello che le parve essere un destino inevitabile e già scritto: non si era mai imbattuta prima d'ora in un caso simile e non vedeva una possibile via d'uscita oppure una strada da poter seguire per giungere alla soluzione.

La consueta doccia mattutina non fu ristoratrice come sperava; Séline indossò una comoda T-shirt scura, prese i propri effetti personali e uscì di casa, dirigendosi verso la centrale di polizia con la speranza che durante la notte fossero arrivati degli aggiornamenti importanti, anche se sapeva già come questo non fosse accaduto, altrimenti sarebbe stata prontamente avvisata.

L'investigatrice spense la radio della propria auto cercando di raccogliere le forze, soprattutto mentali, per rimettersi al lavoro su questo caso. Nemmeno della buona musica l'avrebbe aiutata quella mattina.

La donna ignorava però che presto sarebbero arrivate delle novità da un luogo che mai si sarebbe aspettata: da oltre il canale della Manica.

***

Paul aveva il cuore che batteva a mille. Le parole di quell'uomo avevano un senso, purtroppo. I pezzi del puzzle erano andati magicamente al loro posto e in una frazione di secondo tutto si era fatto cristallino, quasi accecante, come un manto di neve fresca in una giornata tersa d'inverno. Ammanettato e imbavagliato, Paul iniziò a sudare freddo e a pensare alla sua vita là fuori, a Brianna, che aveva visto qualche ora prima e che ora gli appariva più splendida che mai. Cercò di farsi coraggio, la situazione ne richiedeva a volontà: la sua mente viaggiava veloce nella speranza di trovare un appiglio, una via di fuga, una scappatoia, anche il più piccolo particolare che lo potesse tirare fuori da quella situazione.

I suoi pensieri si arrestarono di colpo quando udì provenire delle note musicali. Doveva essere della musica classica anche se non era un intenditore del genere e non aveva la minima idea di quale composizione fosse. Paul era in uno stato di ansia crescente e costante, un climax che lo stava portando all'esasperazione e nel punto di maggiore tensione divenne improvvisamente giorno: le luci della sala in cui si trovava si accesero.

L'uomo riconobbe immediatamente il luogo, ma non ebbe tempo di pensare. Il tutto durò però solo pochi attimi, nemmeno il tempo di battere le ciglia che Paul si pietrificò. Passarono pochi secondi e iniziò ad avere un leggero tremolio, che divenne sempre più veemente con il passare degli attimi. L'uomo cercò di lottare contro una forza nascosta, contro se stesso, agitandosi e scuotendo il busto a destra e a sinistra ma tenendo lo sguardo sempre fisso di fronte a sé. Attorno a lui la musica continuava a suonare, incessante, ma non la sentiva più: era come se fosso avvolto in una sfera di vetro nella quale regnavano solamente il suo respiro affannoso e il battito estenuante del suo cuore che galoppava come una cavallo imbizzarrito in aperta campagna.

Per Paul quelli furono i secondi più brutti e terribili della sua vita e il destino volle che fossero anche gli ultimi. Il corpo dell'uomo si agitò maggiormente come se della corrente viva gli stesse attraversando le vene, quindi smise di lottare e la testa si chinò sul petto mentre le ultime gocce di sudore continuavano a calare lungo il suo volto e per tutto il corpo.

L'uomo aveva osservato lì vicino quanto era accaduto. Non era stato come con Eloise al planetario. Questa volta era stato diverso ma gli era piaciuto, naturalmente. Amava eseguire queste missioni, era soddisfatto del suo lavoro, della sua opera d'arte, di quello che riteneva essere un vero e proprio capolavoro. Mentre le ultime note, della solita musica, andavano a morire lungo le pareti della stanza e perdersi per i corridoi dell'edificio, l'uomo non poté fare a meno di sorridere nel vedere la vita abbandonare il corpo di Paul e lasciarlo quindi lì, solo sul pavimento come un ammasso di carne e ossa qualsiasi.

***

C'era una tranquillità apparente nella centrale. Tutto il trambusto e l'agitazione del giorno precedente parevano essersi dileguati in una notte. A Séline questo sembrò senza dubbio insolito e decisamente strano, si sentì a disagio per essere ancora allarmata e preoccupata e per pensare a Eloise e al suo corpo senza vita, ora sdraiato in qualche lettino un paio di piani sotto, nell'obitorio della polizia.

L'investigatrice raggiunse con passo svelto la sala di vetro - così come l'avevano ribattezzata gli agenti - dove all'interno c'era già il commissario Francis Du Monde e un paio di cadetti, a cui venivano date alcune informazioni di carattere pratico.

"Buongiorno!" disse Séline entrando nella stanza. L'uomo fece cenno ai due agenti di congedarsi, quindi si alzò per salutare la collega e per fornire qualche piccolo aggiornamento sul caso.

"Non c'è stato alcun riscontro tra i dipendenti del museo e la vittima - esordì Francis, dando una notizia già nota. - Abbiamo scoperto invece che le telecamere di sicurezza sono state disattivate da un computer remoto il cui indirizzo IP è stato registrato non distante dal planetario. Alcuni agenti si sono recati sul luogo e hanno trovato solo erba".

"Erba?" chiese la donna con un tono di incredulità.

"Sì. L'assassino ha disattivato le telecamere e i circuiti di sicurezza, sbloccando anche le porte di accesso al planetario, dal parco del museo. Abbiamo a che fare con un hacker informatico".

"A cui piace uccidere in un modo bizzarro". Séline cercò di stemperare la tensione dopo questa valanga di pessime notizie.

"Già, e per il momento non abbiamo altre informazioni. La fotografia è stata analizzata in lungo e in largo dagli esperti della scientifica e non è stato riscontrato alcunché. Nessuna traccia di

DNA, nessuna impronta digitale, nemmeno parziale, niente". Il commissario gettò sul tavolo le carte che aveva in mano, sconsolato. La donna notò che il suo volto era molto più stanco rispetto al giorno precedente; con ogni probabilità non aveva chiuso occhio quella notte e per questo si sentì maggiormente in colpa per essere andata a casa a dormire.

"Dobbiamo seguire due strade quindi..." disse Séline prendendo in mano il fascicolo e sfogliandolo rapidamente; la donna notò che Du Monde si era voltato verso di lei ed era in attesa di una risposta. "Dobbiamo analizzare a fondo il PC di Eloise e vedere se fosse invischiata in qualcosa di losco, al punto che qualcuno desiderasse vederla morta, nel caso si tratti di un hacker. In caso contrario, farei un'indagine sui dipendenti della società che ha fornito le telecamere di sicurezza. Il nostro assassino potrebbe non essere così esperto di computer, ma conoscere a fondo il museo e i suoi punti deboli".

Francis si sentì un poco rassicurato da quelle parole e con Séline abbandonò la stanza di vetro dirigendosi verso il laboratorio informatico, con la speranza di cavare qualcosa dal PC della vittima.

***

Il *British Museum* non è solo uno dei luoghi più famosi di Londra, ma anche uno dei musei più ricercati e celebri in tutto il mondo. Al suo interno si nascondono tesori di civiltà lontane tra loro migliaia di chilometri e centinaia di anni, ma che ora riposano vicini, a distanza di pochi metri e qualche parete. Fondato a metà del XVIII secolo, l'istituto ospita milioni di oggetti in grado di spaziare dall'Antico Egitto a reperti asiatici per poi passare per i celebri marmi del Partenone.

Quella mattina però qualcosa era diverso. Gli oggetti d'arte erano sempre al loro posto, al sicuro nelle loro teche, dove previste, solo che regnava un intruso inaspettato e non voluto: il cadavere di un uomo. Il corpo senza vita di Paul Bricely.

La polizia inglese sapeva che non poteva permettersi in alcun modo di chiudere il museo all'improvviso, impedendo l'ingresso a un paio di decine di migliaia di visitatori quotidiani. La decisione venne presa non appena fu ritrovato il corpo senza vita dell'uomo: il *British Museum* quella mattina aprì normalmente e la gente, né tanto meno la stampa, non seppe che un'area era stata chiusa a causa di un omicidio, e non per un normalissimo inventario di routine, come invece venne fatto credere in via ufficiale.

Il detective Shaun Moore era entrato da una porta secondaria e riservata al personale del museo, in modo da non essere visto da nessuno e da non destare alcun sospetto. Sapeva già dove recarsi, conosceva abbastanza bene il posto; le scale ovest erano poste tutto sommato lontane dall'entrata e questo aveva facilitato il compito di evitare la confusione tra i turisti che, ignari di tutto, passeggiavano attraverso le varie sale a loro disposizione. Shaun oltrepassò le barriere erette dalla polizia, spostando il cartello "Sezione chiusa per inventario", e raggiunse il luogo dell'omicidio.

Il detective, che quella mattina indossava un consueto abito elegante scuro sempre accompagnato da una cravatta e da una camicia bianca, trovò una scena del crimine alquanto insolita: disteso sulle scale si trovava il corpo di un uomo, con la testa china sul proprio petto. Attorno a lui giacevano a terra una quarantina, o forse più, di siringhe apparentemente vuote.

Shaun si avvicinò con cautela ma non poté toccare o osservare da vicino il cadavere, le siringhe gli impedivano di raggiungere il corpo della vittima. In attesa dell'arrivo della scientifica, che avrebbe esaminato e ripulito la scena del crimine, il detective si guardò attorno, cercando di capire il perché di questo omicidio anche se, data la massiccia presenza di siringhe presenti sul pavimento, non si poteva certo escludere il suicidio per overdose, ma per questo era necessario aspettare l'autopsia.

Le pareti di quelle scale erano riempite da mosaici antichi, di epoca romana e greca, che davano, nel caso ce ne fosse bisogno, un'aura di rispetto aggiuntiva a quella già presente nel museo. Shaun si piegò sulle ginocchia cercando di osservare il volto di

Paul che ora era diretto verso il pavimento; non riuscendo nel suo intento, si sdraiò a terra e guardò verso l'alto così da poter incrociare lo sguardo dell'uomo: gli occhi della vittima erano sbarrati e persi nel vuoto mentre la bocca pareva essere paralizzata e spalancata; il detective ebbe l'impressione di osservare una perfetta statua di cera, solo dal carattere horrorifico.

Shaun si rialzò e osservò le siringhe a terra mentre alcune domande iniziarono a scorrere nella sua mente ma le tenne per sé. Come spesso gli era già capitato in passato, si trovava a lavorare da solo sul campo, preferiva così, era un tipo solitario e anche testardo. Aveva resistito alla pressioni dei suoi superiori, che volevano affiancargli un giovane cadetto, e i risultati gli avevano dato ragione. Nessun caso irrisolto. Fino ad allora.

***

Séline aveva il volto caratterizzato da un'espressione preoccupata che combaciava alla perfezione con quella del commissario Du Monde. La spedizione verso il laboratorio informatico era stata infruttuosa sotto tutti i punti di vista possibili: dal computer e dallo smartphone di Eloise non era emerso nulla di preoccupante che lasciasse presagire la presenza di qualche potenziale assassino, facendo così passare in secondo piano, per il momento, la pista del killer-hacker.

L'investigatrice e il commissario si guardarono cercando di trovare conforto l'una negli occhi dell'altro ma ciò che i due videro fu solo la stessa identica situazione di smarrimento. Erano bloccati, come se si trovassero di fronte a un muro altissimo da dover scalare ma senza il minimo aiuto o appiglio a cui potersi aggrappare. La sensazione che stava inondando le loro vene era nuova, inaspettata e faceva paura, terribilmente paura. Chiusi in un angolo, come un pugile stremato, avevano ormai esaurito tutte le idee, ma dovevano fare qualcosa per rendere giustizia a Eloise.

I due rientrarono mestamente nella stanza di vetro e con sorpresa notarono la presenza di una donna, vestita elegantemente e seduta su una delle tante sedie presenti. Non appena sentì la porta aprirsi, si girò e sorrise ai due agenti che rimasero stupiti nel vedere la somiglianza con la vittima.

Séline e Francis non sapevano chi fosse e non riuscirono a dire nulla, esterrefatti da ciò che i loro occhi stavano vedendo in quel momento, come se Eloise fosse tornata dal regno dell'oltretomba a causa di qualche oscura magia. Fu la donna a facilitare il compito.

"Sono Denise, la sorella di Eloise. Credo di sapere chi abbia ucciso mia sorella".

***

La scientifica aveva scattato tutte le foto del caso e stava raccogliendo tutte le siringhe presenti sulla scena del crimine, catalogandone una a una. Questo permise a Shaun, tramite un piccolo corridoio creato per l'occasione, di avvicinarsi al corpo senza vita di Paul. Il detective, che aveva già indossato i canonici guanti di lattice, era ora in grado di esaminare da vicino il cadavere: con delicatezza spostò il volto alzandolo e mostrando agli altri agenti presenti il macabro spettacolo. Il viso era caratterizzato da un'espressione intensa, non molto diversa da quella che era stata scoperta quasi ventiquattr'ore prima nella capitale francese: gli occhi erano sbarrati, fissi verso un punto apparentemente privo di ogni destinazione mentre la bocca giaceva aperta e inerme. Con una certa sorpresa dei presenti, nessun liquido o sostanza era presente vicino alle labbra di Paul, ciò lasciava già intuire come con ogni probabilità l'overdose non fosse l'effettiva causa del decesso anche se era ancora troppo presto per poterlo affermare con assoluta certezza.

Shaun si alzò senza proferire alcuna parola e si voltò osservando le siringhe poste a terra, cercando il nesso tra quegli oggetti e la vittima. Il suo sguardo venne catturato da qualcosa di particolare: fece cenno all'agente della scientifica di fermarsi e interrompere la sua raccolta, lentamente si avvicinò al centro della scena del crimine e prese una siringa, la osservò e l'aprì, lasciando perplessi tutti i presenti che lo guadarono attoniti, come se fosse la sua prima volta su una scena del crimine.

Il detective scrutò il piccolo oggetto tra le sue mani, girandolo e rigirandolo per esaminarne ogni angolazione e sfaccettatura poi, d'improvviso, alzò il braccio e scagliò la siringa a terra, destando ancor più stupore tra i suoi colleghi. Qualcuno tentò addirittura di fermare, seppur timidamente, il detective, che però parve avere un piano ben consolidato in mente.

Shaun si chinò e rovistò tra i pezzi in frantumi, per poi raccogliere un pezzetto di carta, che era stato arrotolato e posto all'interno dell'oggetto.

Nessuno degli agenti l'aveva notato e, forse anche per questo, nessuno di loro ricopriva il ruolo di detective; egli srotolò quel piccolo foglietto dove campeggiava, stampato in nero, un numero: il 119. Lo girò e vide la foto di un ragazzo adolescente. Non vi era alcun dubbio che si trattasse dello stesso Paul, disteso senza vita a pochi passi da lui.

Osservò la fotografia per qualche secondo prima di consegnarla in mano a un agente della scientifica, dopodiché si tolse i guanti in lattice, li mise in tasca e abbandonò la scena del crimine considerando che il suo lavoro lì, per il momento, fosse finito.

Gli altri poliziotti lo guardarono senza proferire parola, come se avesse mostrato loro, in pochissimi minuti, come risolvere un caso di omicidio.

7

Era evidente che la vita di Eloise nascondesse dei segreti, e anche di una certa entità. Dalle informazioni in possesso della polizia non risultava esserci alcun parente, tanto meno a Parigi. La comparsa di quella donna aveva colto tutti di sorpresa, soprattutto il commissario Du Monde, che già si apprestava a riservare una bella strigliata ai suoi agenti per essersi lasciati sfuggire un'informazione di questo genere.

Séline, ansiosa di sapere quali notizie avesse da dare quella donna, si presentò immediatamente sedendosi accanto a lei, mentre Francis decise di rimanere in piedi in disparte e ascoltare con estrema attenzione ciò che sarebbe scaturito da quella conversazione.

"Sono Denise Blumort, la sorella di Eloise". Esordì la donna, che immediatamente catturò l'attenzione dell'investigatrice: "Blumort? Ma Eloise…"

"Sì, lo so" Séline non poté proseguire.

"Abbiamo la stessa madre ma padre diverso. Non siamo state in ottimi rapporti da bambine: abbiamo vissuto a lungo in famiglie separate. Io con *nostra* madre e mio padre, lei con suo papà. Io non ho avuto sue notizie per molto tempo, solo un anno fa circa abbiamo allacciato nuovamente i rapporti, dopo tantissimo tempo".

"E come è stato possibile questo? Lei si è messa in contatto con Eloise o è stata sua sorella a cercarla?" La conversazione si stava facendo interessante per il commissario, che cercava di capirne di più al riguardo.

"Eloise mi ha trovato tramite Facebook". Denise osservò Francis per vedere se avesse idea di cosa stesse parlando, lui sorrise, provando in ogni caso in cuor suo un leggero fastidio, e le fece cenno con il capo di proseguire.

"Mi disse che era da tempo che voleva parlarmi. Sapete, io ora ho una famiglia, un marito e un bimbo e nessuno sa che sono qui e vi pregherei di non dirlo a loro".

"Perché tutto questo mistero?" Questa volta fu Séline a essere interessata.

"Vede. Eloise fu strappata da suo padre a mia, *nostra* madre. Lui la prese e la portò via chissà dove. Era coinvolto in qualche losco affare ed era indispensabile che la bambina stesse con lui, o così mi riferì mia mamma. Quando divenni maggiorenne, Eloise mi spedì una lettera facendomi gli auguri di compleanno e rivelandomi come lei fosse mia sorella. Chiaramente io pensai a uno scherzo poi mia madre mi raccontò i fatti, per lo meno dal suo punto di vista. Come vi dicevo, Eloise è stata presa da suo padre e ha vissuto con lui mentre mio papà ha incontrato mia mamma dopo pochi mesi la nascita di mia sorella".

Denise cercava di essere il più chiara ed esaustiva possibile, ma sia l'investigatrice che il commissario non vedevano l'ora di sapere il motivo per cui si fosse recata in centrale.

"Ogni tanto io ed Eloise ci sentivamo di nascosto, mi raccontava come suo padre fosse spesso coinvolto in cattivi affari poi, all'incirca una decina di anni fa i nostri rapporti si sono interrotti".

"E per quale motivo?" La domanda posta da Francis era tanto scontata quanto necessaria.

"Mia, *nostra* madre, scusate, scoprì una sua lettera indirizzata a me. Andò su tutte le furie e mi fece promettere che non avrei mai più sentito Eloise in vita mia perché altrimenti mi avrebbe portato solo guai, come suo padre aveva fatto con lei". La donna iniziava a essere provata dal rievocare tutti questi ricordi: i suoi occhi divennero lucidi e colmi di lacrime. Cercò di farsi forza ma una goccia le scese lungo la guancia molto lentamente, come se volesse indugiare su una ferita ancora aperta.

Séline si affrettò a prenderle la mano per farle forza chiedendole se volesse un bicchiere d'acqua o se avesse bisogno di una pausa. Denise ringraziò ma negò ogni proposta, si asciugò le lacrime e riprese con il proprio racconto.

"Circa un anno fa nostra madre è venuta a mancare e come vi avevo accennato, Eloise riuscì a trovarmi e a contattarmi. In questi ultimi mesi ci siamo sentite spesso e ci siamo anche viste un paio di volte, scambiandoci gli auguri per il compleanno e per il Natale. Tutto questo però all'oscuro di mio marito".

La donna si sentì in colpa per quella frase e guardò i due agenti cercando conforto. Il commissario capì e le assicurò che quella conversazione sarebbe rimasta tra loro.

"Eloise mi disse che anche suo papà era morto da diverso tempo ma che era venuta a conoscenza di una brutta notizia".

All'udire queste parole Séline e Francis si guardarono, speranzosi del fatto che fosse finalmente giunto il momento topico.

"Non mi disse mai cosa fosse e chi riguardasse, ma dal suo tono di voce capii che era preoccupata".

Questa informazione pareva essere un buco nell'acqua, un gigantesco buco nell'acqua. Non c'era un nome, un movente o un possibile sospettato. Denise si fermò qualche istante poi mise le mani nella propria borsa, cercò un fazzoletto, si asciugò le lacrime, prese fiato e tornò a parlare.

"Un paio di settimane fa mi ha chiamato allarmata e agitata. Mi disse che *qualcuno* era entrato in casa e aveva messo tutto a soqquadro. Mi disse che aveva paura".

La donna questa volta non riuscì a trattenere le lacrime e scoppiò in un pianto liberatorio. Sèline le strinse forte le mani cercando di farle forza.

"Cos'altro le ha detto?" Chiese il commissario con tutta la dolcezza di cui era capace.

"Nient'altro, solo che... sì, ora ricordo. Una cosa molto strana. Non le avevano rubato nulla di valore, solo una fotografia da un vecchio album".

L'investigatrice sapeva dove si trovasse ora quella fotografia ma preferì non farne alcuna menzione.

"Forse avrei potuto fare qualcosa. Avrei potuto aiutarla e far sì che non le succedesse nulla".

Ormai la donna era diventata un fiume in piena inarrestabile, e stava scaricando tutto ciò che si era accumulato nel corso degli anni.

Séline però non poté a fare a meno di fare un'ulteriore domanda, quella fatidica.

"So quanto possa essere scossa in questo momento, però vede, lei è venuta qui da noi dicendoci di sapere chi, forse, avesse ucciso sua sorella ma non ci ha fatto alcun nome".

"Sì, lo so - singhiozzò Denise - vi confesso che ho paura a farvi quel nome".

Al sentire quelle parole il commissario si sentì in dovere di intervenire, assicurando in nome di tutta la polizia parigina la massima sicurezza e protezione.

Con estrema sorpresa lo sguardo della donna, all'udire quelle parole, divenne severo e cupo nei confronti di Francis, che non poté fare a meno di arretrare di mezzo passo, sorpreso per quella reazione.

"Va bene, vi farò quel nome. Lo devo a mia sorella". Séline sorrise e strinse ancora più forte la mano di Denise in segno di sostegno, la quale ricambiò con un sorriso estremamente dolce, uno dei più dolci che l'investigatrice avesse mai visto "Il nome è... Gustave Du Monde".

Istintivamente le due donne si voltarono di scatto e osservarono il commissario Du Monde, la sorella della vittima con una sguardo di ammonimento mentre Séline era assolutamente incredula. Dal canto suo, Francis si sentì mancare la terra sotto i piedi e gli parve di sprofondare in un baratro senza fine, eterno.

***

Shaun se ne stava chiuso nel proprio ufficio, intento a osservare le fotografie della scena del crimine, la planimetria del *British Museum* e il piccolo pezzo di carta che aveva ritrovato all'interno di una delle siringhe che, per la precisione, erano 77, molte di più di quanto potessero sembrare sulla scale del museo.

Il detective si portò le mani sulla fronte, dove le prime rughe iniziavano a spuntare, timide come il primo sole primaverile. Aveva da poco compiuto 32 anni e la fatica, nonostante quei piccoli segnali, pareva non logorare in alcun modo il suo corpo, sempre atletico grazie a un costante allenamento e all'assidua frequentazione di una palestra. Gli occhiali, dal design leggero e moderno, permettevano ai suoi occhi neri di vedere anche i più piccoli dettagli, benché non avesse poi il bisogno di chissà quale aiuto; si passò velocemente la mano tra i capelli corti neri e quindi si accarezzò pensieroso le guance e il mento lisci, grazie a una rasatura quotidiana, poggiò una fotografia sul tavolo e poi ne prese un'altra.

La sua scrivania era ormai stracolma di carte, referti e documenti di ogni tipo, tutti riguardanti l'omicidio avvenuto poche ore prima. Accanto a sé aveva un piccolo block notes sul quale annotava ogni genere di informazione. In cima campeggiava il nome della vittima, Paul Bricely, a cui facevano seguito le generalità dell'uomo: aveva 32 anni, lavorava come rappresentante della Techno, un'importante azienda inglese quotata anche in borsa e viveva solo, in *Old Queen Street.*

Poco sotto c'era qualche sparuta informazione su Brianna McDolster, la sua vicina di casa, più giovane di circa tre anni; nella pagina seguente erano state annotate tutte le informazioni ricavate dalla scena del crimine, quali il numero di siringhe, con a fianco, in caratteri vistosi, la scritta overdose seguita da un punto di domanda, il numero 119 della fotografia e alcuni segni la cui comprensione era riservata al solo Shaun.

Perso in queste annotazioni non sentì bussare alla porta, tant'è che l'agente fu costretto a riprovarci di nuovo, questa volta con maggiore veemenza. Il detective alzò di soprassalto il capo, come se fosse stato riportato alla realtà da qualche viaggio onirico e surreale e con la mano sinistra fece cenno al cadetto di entrare.

"Ecco a voi i risultati delle analisi che avete richiesto, detective Moore", disse il giovane agente posando sulla scrivania una nuova busta gialla.

"Grazie, puoi andare" rispose Shaun sorridendo e non dimenticando la gentilezza sempre necessaria con un ragazzo alle prime armi, anche in casi concitati come questo. Il detective poggiò la penna, aprì la busta e tirò fuori i fogli di carta che erano stati sigillati al suo interno, li fece scorrere rapidamente tra le sue mani cercando di trovare la risposta che desiderava e quando la notò rimise i documenti all'interno della busta, prese la penna e cancellò con diverse righe la scritta overdose dal proprio block notes.

***

Il sole doveva essere alto nel cielo, anche se sparute nuvole lo nascondevano alla vista dei passanti. I turisti non mancavano mai a *Saint Germain des Prés*, anche se i più saltavano la chiesa dalla loro visita della capitale francese.

Philippe osservava il vivace via vai stando seduto al tavolino di un bistrot situato in *Rue Bonaparte*, a due passi dalla chiesa.

L'uomo era un giornalista abbastanza affermato e si stava godendo gli ultimi giorni di una vacanza a lungo cercata e anche meritata. Nonostante fosse lontano dalla sua penna, o meglio, dalla sua tastiera, non riusciva a staccarsi definitivamente dal suo lavoro, tant'è che tramite il suo iPad stava osservando le ultime notizie e gli aggiornamenti sul misterioso omicidio di Eloise Charcanelle. Egli pensò che in fondo gli sarebbe piaciuto non essere in vacanza ed essere assegnato, giornalisticamente parlando, a quel caso, ma sua moglie continuava a ripetergli che aveva bisogno di prendersi una pausa di qualche giorno e godersi dei momenti di assoluta libertà; era consapevole del fatto che la sua dolce metà avesse ragione, come sempre.

Si mise gli occhiali da sole sui folti capelli scuri dal momento che una nuvola aveva oscurato ulteriormente il cielo. Con il dito fece scorrere sul dispositivo alcune foto che ritraevano l'esterno del museo. Era curioso, voleva sapere cosa stesse accadendo. La sua anima da giornalista in perenne caccia di notizie stava riemergendo prepotentemente: estrasse il cellulare dalla tasca interna della giacca grigia e scorse rapidamente i numeri presenti nella sua rubrica. Si soffermò per un qualche istante su un contatto in particolare, indeciso se effettuare o meno quella chiamata.

Assorto in questo dubbio, la cameriera gli portò il caffè e il croissant che aveva ordinato, destandolo da quella fase di incertezza; Philippe sorrise, ringraziò, pagò, ripose nella tasca lo smartphone, mise in stand-by il tablet e decise che nulla gli avrebbe rovinato quei giorni di libertà. Inforcò nuovamente gli occhiali da sole e si mise comodo sulla sedia sorseggiando il caffè caldo e addentando la morbida brioche.

Bernadette alzò il suo braccio destro, cercando di raccogliere attorno sé il gruppo di turisti che stava accompagnando quella mattina. Vide gli ultimi accodarsi uscendo dalla chiesa di *Saint Germain des Prés* e raggiungerla in tutta fretta per timore di venire ripresi davanti a tutti, facendo così una brutta figura. La donna sorrise loro non appena questi si aggregarono e quindi ripartì con alle sue spalle un piccolo plotone composto da quasi una cinquantina di unità.

Amava fare la guida turistica, nonostante dovesse mostrare praticamente ogni volta sempre i soliti monumenti e le solite attrazioni. Allo stesso tempo cercava di svelare, là dove fosse possibile, piccoli segreti di quella città che così tanto amava e che magari non tutti conoscevano.

Mentre imboccava *Places Saint-Germain des Prés* Bernadette stava già pensando alla prossima tappa, il museo del *Louvre*. Era un po' distante, ma il gruppo si era mostrato volenteroso e aveva accettato di buon grado l'itinerario proposto. La donna conosceva ormai a memoria il tragitto ed era in grado di percorrerlo letteralmente a occhi chiusi, anche se naturalmente non ci aveva mai provato. La guida fece attraversare la strada con rapidità e osservò ancora una volta i turisti che stava accompagnando, un gruppo di persone arrivato da Tolosa da un paio di giorni e che l'indomani sarebbe ripartito per fare ritorno a casa. La compagnia, con Bernadette in testa, imboccò *Rue Bonaparte* dirigendosi verso la Senna.

Assorto nei suoi pensieri Philippe vide sfilare di fronte a sé una serie prolungata di ombre praticamente in fila indiana anche se fu un altro particolare ad attirare la sua attenzione. La guida turistica, che precedeva quel gruppo di visitatori, era una giovane donna di media altezza, con i capelli rossi che scendevano all'altezza del mento mentre qualche sparuta lentiggine faceva capolino sulle guance. L'uomo credette di vedere gli occhi della donna lucidi. Lui le sorrise ma lei non contraccambiò, assorta nei suoi pensieri.

Philippe ignorava che nella mente di Bernadette ci fosse in quel momento una sua amica a cui voleva, anzi, aveva voluto molto bene: Eloise Charcanelle.

***

Il cuore di Francis batteva forte e gli parve di sentire che anche ogni singolo pelo della sua corta barba, perfettamente curata, fosse sudato e agitato. Il nome pronunciato da quella donna lo aveva naturalmente turbato; ora aveva quattro occhi che lo fissavano ma aveva la sensazione che fossero decine e decine. Séline era esterrefatta, aveva sperato sin da subito che Denise potesse portare una svolta per le indagini, ma certamente non di queste dimensioni. Ora stava guardando Francis chiedendosi cosa sapesse il commissario e se anche lui avesse dei segreti inconfessabili; l'uomo decise, per cause di forza maggiore, di affrontare la situazione.

"Gustave? Cosa c'entra Gustave?" chiese l'uomo, sperando di ottenere una risposta che per qualche istante tardò ad arrivare.

"Tempo fa Eloise mi aveva parlato di una brutta storia - Denise si fece coraggio e disse tutto quello che sapeva - suo padre aveva fondato diversi anni addietro una società con una compagnia che poi successivamente si rivelò essere di Gustave Du Monde. Questa nuova società fallì dopo poco tempo e il padre di Eloise ricevette minacce per molti mesi, che giuravano vendetta verso di lui e la sua famiglia".

Francis era consapevole che suo fratello fosse stato coinvolto nella malavita; erano sempre stati agli antipodi, uno il bianco, l'altro il nero, soprattutto in situazioni come queste. Più volte aveva provato a portare il fratello sulla retta via ma senza successo e da diversi anni, nonostante non si sentissero, il nome di Gustave non era più saltato fuori da nessuna indagine. In cuor suo Francis aveva sperato, e sperava ancora, che il fratello fosse finalmente uscito da quel mondo ma Denise gli stava presentando una realtà totalmente diversa.

Séline parve invece cadere dalle nuvole: ignorava che il commissario avesse un fratello, soprattutto ricercato. L'investigatrice osservò quindi Francis per avere delle spiegazioni. Era necessario averle al più presto.

"Gustave è mio fratello - esordì il commissario che aveva colto la richiesta della collega - attualmente è un ricercato della *Police* per bancarotta e per associazione a delinquere. In passato ha fondato e fatto crescere prosperosamente alcune aziende che tutt'oggi vivono in estrema ricchezza anche se lui non ha più nulla a che fare con loro. Diversi affari conclusi di male in peggio lo hanno portato sul lastrico e ora non sappiamo dove sia e con quale identità. Negli ultimi anni del primo decennio del 2000 ha contribuito a far sorgere società fasulle la cui esistenza non è mai stata provata, sottraendo molti soldi a diversi investitori mentre altri, come il padre di Eloise a quanto pare, ne sottraevano a lui, in una spirale senza fine".

Séline stava ascoltando con estrema attenzione cercando di non perdere una singola parola di ciò che stava dicendo il commissario il quale, dopo una breve pausa riprese il proprio racconto.

"Come vi ho spiegato poco fa, non sappiamo dove si nasconda, con chi sia e sotto quale nome. Onestamente non posso nemmeno assicurarvi che sia ancora vivo. - Un velo di tristezza calò nelle corde vocali di Francis. - Esamineremo nuovamente tutti i fascicoli in nostro possesso per cercare di trovarlo. Le posso assicurare Denise che il desiderio di trovare Gustave, mio fratello, è maggiore che in chiunque altro".

La sorella della vittima parve tranquillizzarsi all'udire quelle parole e lo stesso fece Séline; ora le parve tutto più chiaro e le sue preoccupazioni, riguardanti un possibile coinvolgimento del commissario in questo caso, scomparvero momentaneamente dalla sua testa, andandosi a rinchiudere in un cassetto della mente pronto a essere riaperto alla prima necessità. Mentre ringraziava Denise per quanto aveva fornito, promettendole un costante aggiornamento sugli sviluppi delle indagini, l'investigatrice notò come Francis avesse chiamato un agente riferendo una serie di numeri; solo in seguito avrebbe scoperto che si trattava dei fascicoli che riguardavano il fratello.

Prima di congedarsi, Séline volle fare un'ultima domanda alla donna già in procinto di uscire dalla stanza accompagnata da un ufficiale.

"So che la domanda può sembrarle strana, ma sua sorella aveva qualche legame particolare con gli specchi o era appassionata di astronomia?" La domanda era effettivamente strana; Denise rimase per qualche istante sbigottita chiedendosi se effettivamente l'investigatrice le avesse posto quella domanda. La donna si fermò così a riflettere poi si limitò a scuotere la testa, chiedendo sinceramente scusa con lo sguardo per non aver dato una risposta differente. Séline la ringraziò comunque e la osservò mentre si allontanava verso l'uscita con il capo chino, quindi si voltò verso il commissario, intento a sfogliare qualche carta.

L'investigatrice ora non riusciva più a fidarsi totalmente di quell'uomo, le parole di Denise le avevano instillato un piccolo dubbio, come un seme che gettato nel terreno assorbe tutta l'acqua con estrema velocità, crescendo e sviluppandosi rapidamente. Quell'insicurezza stava ora prendendo possesso di Séline che però si sforzò, sorrise e si avvicinò a Francis.

“Occorre verificare la storia di Denise?” Chiese la donna.

“Non è necessario, la parte inerente mio fratello è tutta vera purtroppo. Al momento non possiamo sapere se il suo coinvolgimento sia reale o se in realtà sia solo il risultato di una semplice coincidenza. Sarà necessario fare le verifiche del caso”. Il tono del commissario era severo.

L’accusa della sorella di Eloise lo aveva turbato. Ora si trovava a dover fare qualcosa che solo poche ore prima riteneva imponderabile e a cui non pensava nemmeno lontanamente: scavare nel proprio passato e riportare alla luce ricordi e memorie ormai dimenticati.

8

Le piante e i fiori dell'immenso parco parevano sorridere felici e soddisfatti per l'arrivo ormai inoltrato della primavera e del primo caldo estivo. La villa si ergeva maestosa e solitaria in questo immenso verde. L'edificio, quasi completamente bianco, con il tetto color grigio pastello tenue, pareva dormire assonnato e indisturbato. Al suo interno però c'era vita, come sempre.

Uomini e donne erano indaffarati nello svolgere ognuno i propri compiti, salendo e scendendo da un piano all'altro grazie all'imponente scalinata posta al centro del salone d'ingresso. Questi con il tempo avevano perso la meraviglia che la struttura era in grado di offrire al primo impatto. Nonostante i vivaci movimenti, all'interno di quella sontuosissima villa regnava un silenzioso rispetto; nessuno sembrava avere il coraggio di aprire bocca e violare l'aura di sacralità che si poteva respirare tra quelle mura. Gli unici suoni in grado di penetrare dall'esterno erano il tenue cinguettio degli uccelli e il dolce fischiare del vento, anche se il tutto pareva essere catturato e stratificato diventando flebile e dolce.

La stanza visitata dall'uomo non troppe ore addietro, era ancora occupata, come di consueto. La luce del giorno filtrava in modo tenue inondando le mura di un bianco caloroso e avvolgente. La figura osservava immobile fuori da una delle due ampie finestre, impassibile, come se stesse contemplando la bellezza offerta gratuitamente ai suoi occhi. Nelle notti precedenti aveva ricevuto una visita importante, l'ennesima, ma ora non stava pensando a quello. Non stava pensando a nulla. Ignorava ciò che era successo a Londra di recente e ciò che stava avvenendo in quegli istanti a Parigi. Non sapeva inoltre che presto avrebbe ricevuto degli importanti aggiornamenti.

***

I risultati dei test e degli esami di laboratorio stavano arrivando, anche se alla snocciolata. Shaun era felice che la notizia non fosse ancora giunta alla stampa e ai *media* ma sapeva che sarebbe stato questione di minuti, forse di ore a voler essere ottimisti. Il detective osservò nuovamente l'esame tossicologico, confermando come la causa del decesso non fosse da rintracciare nell'overdose: nel corpo di Paul erano presenti solo piccole tracce di LSD, in quantità impossibili da provocarne la morte. Le siringhe inoltre si erano rivelate vuote: al loro interno non c'era alcuna sostanza; nulla, a parte la fotografia che egli stesso aveva scovato.

I vertici di *Scotland Yard* gli avevano già fatto sapere che desideravano essere aggiornati frequentemente, praticamente in tempo reale. Nonostante questo, al detective Moore era permesso avere una certa libertà di azione; spesso infatti non si trovava nemmeno a Londra, ma fuori per qualche viaggio internazionale e per tessere rapporti con le forze dell'ordine di altri paesi, per effettuare scambio di documenti di carattere confidenziale e per ricevere aggiornamenti sui criminali più ricercati in tutto il continente. Certo, la capitale inglese restava pur sempre la sua casa, e questo non lo aveva certo dimenticato.

Le foto del corpo di Paul Bricely erano sparse qua e là per tutta la scrivania e non sembrava l'avessero scosso più di tanto; non se lo poteva permettere, doveva essere freddo e lucido per poter analizzare nel modo più obiettivo possibile quanto scoperto, e giungere così alla giusta soluzione del caso. Tutto d'un tratto qualcuno bussò nuovamente alla porta del suo ufficio. Un agente, che ormai si occupava solo di questioni amministrative e di segreteria, entrò per lasciare l'ennesimo plico di documenti appena stampati.

Un nuovo risultato di un esame era presente sulla scrivania di Shaun. Lesse l'intestazione, era il test che aspettava di più.

L'agente uscì lasciando trasparire sul suo volto un velo di perplessità; non vedeva l'utilità di quella ricerca ma evidentemente il detective Moore aveva i suoi validi motivi. Shaun, con una leggera trepidazione, riscontrabile forse nei bambini durante la notte di Natale, aprì la busta e tuffò il suo sguardo sul contenuto; i suoi occhi divorarono le poche parole stampate su quel pezzo di carta, quindi con uno scatto si alzò dalla propria poltrona, prese la propria giacca e si fiondò fuori dall'ufficio, diretto verso l'uscita della centrale. Prima di abbandonare l'edificio però si arrestò nei pressi di un agente che incontrò vicino alla soglia: "Chiama la polizia francese, di Parigi. Avvisali del mio arrivo. Tra poche ore sarò lì" disse senza dare ulteriori spiegazioni al cadetto.

Il giovane annuì con il capo e in breve tempo scomparve nei corridoi della centrale mentre Shaun partì spedito verso la sua prossima meta.

***

Séline e Francis erano piegati su una pila di nuovi documenti legati questa volta a Gustave Du Monde. Decine e decine di fogli che riportavano dati di indagini vecchie anche di diversi anni. I due non si aspettavano di trovarsi di fronte a una situazione simile, con il dover sbrigare azioni più di catalogazione che di vera e propria indagine. L'investigatrice aveva la netta sensazione che gli sviluppi di questo caso la stessero portando sempre più lontano dalla sua soluzione, conducendola lungo un peregrinare senza meta e apparentemente senza fine.

Entrambi stavano cercando in particolar modo i documenti che potessero collegare il padre di Eloise con il fratello di Francis. A ogni pagina sfogliata e a ogni file letto nel minimo dettaglio, il commissario sentì come se uno spillo gli stesse perforando il cuore con una maggiore insistenza, andando sempre più in profondità.

"Trovato!" esclamò improvvisamente Séline, alzando al cielo un fascicolo. L'uomo le si avvicinò velocemente per osservare cosa ci fosse scritto in quei fogli. L'investigatrice non fece in tempo ad aprire la prima pagina che il cellulare del commissario squillò; il trillo sorprese lo stesso Francis che, con uno stupore non tanto velato, allungò la mano destra per afferrare lo smartphone poggiato poco più in là sulla grande scrivania: "Commissario Du Monde".

L'investigatrice osservava incuriosita ciò che stava accadendo, sperando che dall'altro capo del "filo" arrivassero solo buone notizie e non nuovi aggiornamenti in grado di peggiore ulteriormente la situazione. La donna continuò a fissare Francis fare dei brevi cenni con il capo seguiti da qualche sporadico "Sì", facendo fatica a nascondere nel proprio sguardo la crescente sete di sapere che stava aumentando in lei.

"Certo. Subito". Il commissario chiuse la conversazione, si mise il telefono in tasca e si alzò per per prendere la giacca, ancora appesa all'attaccapanni collocato in fondo alla stanza, vicino alla finestra. Nel voltarsi notò la presenza di Séline, lì ferma e bramosa di sapere cosa stesse succedendo. Sorpreso per essersi dimenticato della sua presenza, Francis le sorrise, prese il suo giubbino e glielo porse con gentilezza.

"Dobbiamo andare alla *Gare du Nord*. Ti spiego strada facendo. Sono in arrivo novità da Londra".

"Londra?!" L'investigatrice fece fatica a credere alle parole del commissario che però non rispose alla sua domanda, dirigendosi verso l'uscita. In tutta fretta la donna si alzò e lo seguì ansiosa di sapere cosa le stesse per offrire la capitale inglese.

***

Philippe lasciò un po' di mancia sul tavolino, segnalandola alla cameriera del bistrot, e si alzò per tornare a casa. Decise che quel giorno avrebbe fatto il tratto verso la propria dimora a piedi, godendosi un po' la città, nonostante vivesse a Parigi da molti anni; per raggiungere *Rue Royer-Collard*, dove avrebbe iniziato a preparare la cena per sua moglie. Philippe avrebbe percorso tutta la *Rue*

Bonaparte verso sud e quindi attraversato *Le Jardin du Luxembourg.*

La giornata non era troppo calda, come in quei casi dove la primavera indossa già i suoi abiti estivi, e una leggerissima brezza lo avrebbe accompagnato per tutto il tragitto, lungo il quale si sarebbe fermato a osservare le vetrine dei negozi.

Stava già iniziando a pensare a cosa avrebbe potuto regalare alla sua dolce metà in occasione del loro anniversario. È vero che mancava ancora circa un mese a quella data ma occorreva muoversi per tempo per evitare di arrivare impreparati al momento decisivo. Passeggiando senza fretta Philipe ritornò con la mente a sette anni fa, quando vide e conobbe Camille.

Era una sera come tante altre, era uscito in compagnia dei suoi colleghi di lavoro, nonché amici, per una bevuta spensierata. Tra una battuta e l'altra Philippe l'aveva notata: la donna della sua vita era lì, al bancone intenta a servire bevande. I suoi capelli erano corti e, nonostante fossero neri, gli parve che stessero splendendo come il sole d'agosto. I loro sguardi si incrociarono, lei sorrise e lui si perse nei suoi occhi neri e profondi. Ci vollero ancora un paio di uscite prima che riuscisse a parlarle ma ora era diventata sua moglie ed era l'uomo più felice di tutta la Francia; onestamente non avrebbe potuto chiedere di più alla vita, aveva un lavoro e una donna che amava con tutto se stesso.

Questi pensieri gli fecero tornare voglia di lei, così affrettò il passo per tornare a casa ancor più velocemente e per preparare a Camille una deliziosa cena a sorpresa, non sapendo però che sarebbe stata l'ultima.

***

L'uomo era assorto nei suoi ricordi. Nella sua mente viaggiavano veloci le immagini di ciò che aveva fatto. A Parigi. A Londra. Istintivamente sul suo volto comparve un sorriso, sincero. Sperò di non essere visto da nessuno, temendo che le persone accanto a lui potessero leggere i suoi pensieri. Si guardò attorno, era uno dei tanti. La gente non sospettava minimamente di trovarsi a pochi metri da un assassino e da un omicida seriale e questo suscitò in lui una strana sensazione di piacere e di onnipotenza.

Il suo cuore per pochi istanti iniziò a battere più velocemente; l'uomo però si calmò immediatamente. Era consapevole di come quello fosse solo l'inizio. Aveva imparato con gli anni a dominare le proprie pulsioni; questo gli consentiva di essere freddo e perfetto in *quei* momenti. La sua mente viaggiò per un istante verso la grande villa bianca. Ogni volta per lui era un onore e una meraviglia poterci entrare. Ora però non era tempo di perdersi in simili pensieri. Controllò per un secondo il proprio telefono. C'era una nuova missione da compiere.

***

Shaun era sempre stato un bambino rispettato e amato. A scuola non aveva mai dato alcun problema ed era simpatico a tutti anche a causa di quella sfrenata passione per la polizia e le forze dell'ordine. Il suo sguardo era sempre colmo di ammirazione ogni qualvolta avesse l'occasione di vedere un agente dal vivo, magari a pochi passi da lui.

Shaun Moore coltivò il desiderio di diventare detective sin dalla giovane età, inseguendo questo sogno in lungo e in largo percorrendo tutte le tappe accademiche, e non, previste lungo questo percorso. Una spiccata e naturale attitudine per questo lavoro, in un unione a un innato intuito nel risolvere i problemi, avevano permesso a Shaun Moore di diventare, a nemmeno 27 anni, uno dei più giovani detective di sempre di *New Scotland Yard.*

Questo per lui fu indubbiamente un onore ma anche un peso da dover portare sulle proprie spalle, con stuole di invidiosi e malpensanti pronti a gettare fango sulla sua posizione per poterlo screditare. I risultati e i fatti però non potevano mentire ed erano lì a parlare al posto suo.

Il treno sul quale viaggiava si era addentrato da pochi minuti nella periferia parigina e ormai era prossimo a giungere a destinazione.

Shaun prese e raccolse tutte le proprie cose per prepararsi a scendere. Era consapevole che le ore successive sarebbero state estremamente importanti ma era anche felice di poter contare sull'aiuto della polizia francese e in particolar modo di un collega e di un amico come il commissario Du Monde.

***

La *Gare Du Nord* era affollata, come praticamente in qualsiasi ora del giorno. Gruppi di persone si dirigevano verso i ristoratori della stazione mentre aggregazioni di turisti osservavano i tabelloni dei binari controllando i propri biglietti in attesa dell'arrivo del treno già prenotato.

Anche Séline e Francis erano in attesa, i loro occhi puntati sul treno in arrivo da Londra per le 15:56. Il commissario osservò il proprio orologio da polso, dimenticandosi di come la stessa stazione fosse in realtà stracolma di oggetti che segnavano l'ora, con le classiche lancette o con i numeri digitali. Mancavano ormai solo un paio di minuti e non era segnalato alcun ritardo. Séline dal canto suo era impaziente, ciò che le aveva raccontato Du Monde durante il tragitto dalla centrale alla *Gare Du Nord* l'aveva incuriosita moltissimo.

"Pensi che quindi possano esserci dei legami con il nostro caso di omicidio?" chiese l'investigatrice mentre nella sua mente ripercorreva il discorso sentito pochi istanti prima sul sedile di una volante della polizia.

"Non lo escludo. Il detective Moore mi ha parlato di un omicidio molto simile al nostro e anche lui sulla scena del crimine ha trovato una fotografia, proprio come abbiamo fatto noi" , le ripeté il commissario.

"Anche lui ha trovato la stessa scritta che abbiamo rinvenuto sul retro?" Séline era impaziente, voleva sapere più cose possibili nel minor tempo possibile.

"Questo non lo so, ma credo che presto avremo le risposte a questa e ad altre domande". Francis con la testa fece cenno di fronte a loro. La donna si voltò e vide arrivare un uomo distinto, che le sorrise. Si sistemò gli occhiali e accelerò il passo per abbracciare il commissario e per salutare Séline.

"Séline, ti presento Shaun Moore, detective di *New Scotland Yard*. Shaun, lei è Séline Brunet, investigatrice privata nonché nostra collaboratrice" disse Francis facendo gli onori di casa.

La donna osservò la serietà e la sicurezza dell'uomo, cercando di indovinare la sua età ma senza riuscirci. Dal canto suo, Shaun non poté fare a meno di notare la bellezza di Séline: i suoi capelli erano ben curati e il suo corpo era atletico e ben proporzionato. La maglietta che indossava le metteva in evidenza il seno mentre il profilo del suo corpo si stringeva verso la vita, dalla quale partivano delle gambe strette e slanciate che donavano alla donna ulteriore bellezza.

"Andiamo in centrale. Abbiamo molte cose di cui parlare" il commissario Du Monde fece strada verso la volante che li stava aspettando proprio all'uscita della stazione.

Un agente li stava attendendo in piedi di fronte alla vettura e non appena li vede arrivare salì in macchina e accese il motore; quando i tre furono saliti a bordo l'auto partì a tutta velocità e a sirene spiegate.

***

Francis, Séline e Shaun erano chiusi nella stanza di vetro pronti a condividere le proprie informazioni. Fu il detective inglese che prese la parola.

"Scusatemi se vi ho fatto aspettare in stazione, non sono un amante degli aerei e il treno mi è sembrato il viaggio più comodo e immediato per questa occasione". Séline e Francis sorrisero, ma continuarono ad ascoltare con attenzione le parole del detective Moore: "Verrò subito al dunque. Da qualche ora sto indagando su un omicidio di un uomo avvenuto al *British Museum*".

L'investigatrice rimase sbigottita nell'udire quella parole, non era a conoscenza del luogo del misfatto, nessuno ne aveva parlato e non poté fare a meno di ricordarsi il trambusto di giornalisti e televisioni che invece presidiavano la *Cité des Sciences*. "I dettagli sulla scena del crimine sono ancora riservati ma la cosa interessante è che sul luogo del delitto è stata ritrovata una piccola fotografia con un numero sul retro. Il motivo che mi ha spinto qui è che questa foto è stata stampata in Francia, a Parigi, secondo i risultati di un test svolto dal laboratorio della scientifica". Shaun aprì la sua valigetta ed estrasse alcuni fogli che diede al commissario affinché li esaminasse.

"Hai detto che c'era scritto un numero sulla fotografia?" L'investigatrice iniziò a fare domande, doveva avere più informazioni in merito.

"Sì. Proprio così".

Il detective dal canto suo non voleva fornire più dati di quanto fosse necessario, così Séline decise di scoprire le carte.

"Credo che abbiamo a che fare con lo stesso assassino. Come forse già saprai noi non siamo così abili a tenere a bada la stampa, stiamo indagando su un omicidio avvenuto al planetario. Anche sulla nostra scena del crimine è stata trovata una fotografia, raffigurante la vittima in età da bambina, forse adolescente, con scritto sul retro il numero romano XV". Questa volta fu la donna a mostrare qualcosa al detective: "Credo che a questo punto sia la firma del nostro assassino, che due notti fa ha eseguito l'omicidio a Parigi e la notte scorsa quello a Londra".

"Se è come dici tu deve essere un abilissimo calcolatore. Ha avuto pochissimo tempo a disposizione per preparare quella scena del crimine".

Séline colse un appiglio nelle parole di Shaun e non se lo fece scappare per nulla al mondo. "Preparare? In che senso?"

l'investigatrice aveva scagliato la freccia. Il detective si bloccò per un secondo. Era stato colpito.

"Sì, è una scena del crimine molto particolare. Attorno al corpo della vittima c'erano un sacco di..."

"Specchi?" Séline era sicura di sapere già la conclusione della frase ma lo sguardo stranito dell'uomo la fece titubare.

"Specchi? No. Assolutamente no. Siringhe". Il detective aveva mandato la donna in confusione. Si sedette sulla prima sedia vicino a sé cercando di pensare a un possibile collegamento tra le siringhe e gli specchi.

"Non capisco. Sembra proprio che abbiamo a che fare con lo stesso killer. Ma qui specchi, lì siringhe. Qui donna, lì uomo. Qui Francia, lì Inghilterra. L'unico legame che abbiamo è quella maledetta fotografia e quel numero: il XV".

Séline si trovava di fronte a un rompicapo tra i più complicati che avesse mai affrontato, anzi, il più complicato. Ne era sicura e lo ripeteva continuamente tra sé e sé.

"Veramente il numero stampato sul retro della fotografia è un altro, il 119". Il detective le mostrò un'immagine del reperto, non gli era permesso portare le prove di un omicidio non ancora risolto al di fuori del paese.

Séline prese tra le mani la stampa e notò, benché fossero solamente pochi numeri, come il carattere grafico fosse lo stesso di quello utilizzato per la fotografia di Eloise. C'era un legame tra i due omicidi, il suo istinto lo stava gridando a gran voce. Lo sentiva ma non riusciva a vedere il nesso e le parve di non riuscire a cogliere un indizio con la sensazione che fosse in realtà più grande che mai.

"Avete trovato tracce di qualche stupefacente nella vostra vittima?" Chiese l'investigatrice, nel tentativo di capire se ci fosse un ulteriore legame tre le due casistiche.

"Nulla di rilevante, solo poche tracce di LSD". Rispose il detective non capendo la pertinenza di quella domanda in quel preciso frangente. Séline dal canto suo sapeva il perché del quesito e all'udire quelle parole venne catturata anche l'attenzione del commissario, che nel frattempo aveva terminato di consultare i fascicoli portati dall'agente inglese.

"Ora devi dirci tutto quello che sai sull'omicidio del *British Museum*" disse Francis con tono severo e che non ammetteva repliche.

9

Il commissario Du Monde conosceva Shaun da diversi anni, sin dai primi istanti in cui divenne detective. Lo aveva sempre considerato un giovane di talento e apprezzava il fatto che viaggiasse in tutta Europa per restare aggiornato su più argomenti e novità possibili. Era sempre più convinto delle sue doti, soprattutto ora, mentre lo ascoltava spiegare tutti i dettagli del caso su cui stava indagando.

In fondo provò un po' di nostalgia per quella gioventù che per lui pareva già così lontana e anche per quei chili di troppo che sentiva di guadagnare con una rapidità da non trascurare, anche se in realtà la verità è ben diversa da queste sensazioni.

Cercando di non farsi distrarre troppo da questi pensieri riportò la sua attenzione verso le parole di Shaun, il quale aveva spiegato come la sua vittima - Paul qualcosa… si era lasciato sfuggire quale fosse il cognome - fosse stata trovata morta su una rampa di scale del *British Museum* e come fosse circondata da un incredibile numero di siringhe vuote, ben 77, tranne una nella quale era nascosta la fotografia.

Le analogie tra i due casi erano ben evidenti e le probabilità che il killer fosse lo stesso erano altissime. Stesso modus operandi, stesse tracce di LSD, stesso indizio con una fotografia, un numero e una somiglianza inquietante tra i due corpi: entrambi avevano gli occhi sbarrati e la bocca spalancata.

Séline e Shaun stavano effettuando delle ricerche su internet per trovare cosa potessero indicare i numeri XV e 119 anche se i risultati erano molto eterogenei e parevano non portare a qualcosa di veramente concreto e utile: passi di libri, testi, documentazioni, episodi di serie TV. C'era di tutto e quindi nulla. Cercare il celebre ago nel pagliaio forse sarebbe stato molto più semplice.

"Un momento... - intervenne Francis - Shaun, tu hai detto che sulle scale del British sono state trovate 77 siringhe?"

Il detective annuì, quindi il commissario iniziò a frugare tra i fogli presenti davanti a lui. "Forse abbiamo trovato un nuovo legame - disse mentre con gli occhi era intento a leggere qualche riga sparsa qua e là. - Al planetario sono stati contati 77 specchi. Difficile ipotizzare si tratti di un caso".

"Sono certa sia intenzionale". Sentenziò Séline a cui fece immediatamente seguito il detective Moore. I due giovani agenti si misero subito a effettuare nuove ricerche cercando di includere anche questo nuovo elemento. Le punte delle dita si muovevano veloci sulla tastiera dei due computer creando una sorta di bizzarra melodia musicale. Il commissario dal canto suo li osservava lavorare stando alle loro spalle e dando così il proprio contributo, seppur minimo.

Le pagine di ricerca trovate su internet scorrevano in rapida successione anche se l'aggiunta del numero 77 parve non portare alcun miglioramento, almeno apparente. Il nuovo elemento sembrò invece complicare ulteriormente le ricerche e i rispettivi risultati, con esiti totalmente inconcludenti e privi di significato.

"E se il legame fosse con il luogo?" Esclamò improvvisamente Séline.

"Spiegati meglio" ribatté immediatamente il detective, che parve non capire quale fosse il pensiero passato per la testa della sua collega.

"Se i numeri non fossero collegati tra loro, ma con il luogo dell'omicidio? Il XV con il planetario e il 119 con il British Museum". L'investigatrice trovò l'appoggio di Shaun e insieme si misero immediatamente a effettuare nuove ricerche, anche se da questo ragionamento fosse stato escluso il 77; ogni singola possibilità e combinazione andava studiata a fondo e nulla doveva essere tralasciato o trascurato.

Tornato a sedersi sulla propria sedia, Francis osservò i due giovani al lavoro mentre erano intenti a osservare con estrema attenzione gli schermi luminosi dei rispettivi computer. Dopo diversi minuti la donna si voltò verso di lui scuotendo la testa. Nessun riscontro.

"Credo che per oggi siano stati fatti comunque passi importanti. Ora abbiamo tutti bisogno di una dormita e domani mattina, con nuove energie, ritorneremo sul lavoro".

Il commissario tentò di fare da padre ai due giovani, osservando come la sera stesse avanzando velocemente sopra Parigi. Shaun e Séline uscirono dalla stanza di vetro mentre Francis vi rimase dentro da solo, dal momento che doveva sbrigare alcune faccende pratiche e burocratiche, o per lo meno questo fu ciò che disse loro.

In realtà restò solo all'interno della sala per qualche minuto in piedi, fermo a osservare fuori dalla finestra. Vide un numero sempre maggiore di luci accendersi per la città, all'interno delle case e per le strade. Con la mente ringraziò Séline per non aver fatto il nome di suo fratello e per non aver condiviso con il detective Moore il possibile legame tra Gustave e il padre di Eloise. L'investigatrice aveva trovato infatti uno scambio di email dal tono minaccioso e intimidatorio tra il padre della vittima e un uomo che si firmava semplicemente con GDM, una sigla che parve essere la sostituzione di Gustave Du Monde. Il commissario e Séline parlarono tra loro di questo indizio lungo il tragitto verso la *Gare du Nord* giungendo, di comune accordo, alla conclusione che questo elemento poteva essere per il momento accantonato. Le mail risalivano infatti a ben quattro anni addietro, decisamente un lasso di tempo troppo vasto per poter pensare all'esistenza di un valido movente e inoltre, difficilmente un eventuale criminale avrebbe firmato delle missive così scottanti con le iniziali del proprio nome. Non era esclusa la possibilità che qualcuno si stesse spacciando per Gustave solamente per estorcere del denaro.

La presenza di una nuova vittima, il cui legame con il caso parigino era praticamente comprovato, fece passare questa particolare indagine in secondo piano.

Il commissario restò immobile per diversi minuti intento a osservare il calare della notte sulla città che iniziò a illuminarsi come se stesse per indossare il proprio abito da sera elegante.

I pensieri di Francis in quel momento però erano altrove; non in luogo preciso ma su una persona in particolare. Gustave. Gustave Du Monde.

***

Philippe aveva preparato una cena squisita. Le fatiche del pomeriggio lo avevano premiato con dei piatti succulenti. Una zuppa di pesce e un galletto, accompagnato da un ottimo vino rosso, avevano saziato Camille e l'avevano resa felice, facendole concludere la giornata nel migliore dei modi. Adorava quell'uomo. Lo amava. E amava ancor di più, per quanto fosse possibile, questo tipo di sorprese. Quella sera non aveva dovuto cucinare e non avrebbe dovuto sparecchiare e ripulire la cucina.

Non poté fare a meno di sentirsi fortunata mentre si diresse verso la camera da letto per mettersi un abbigliamento più comodo, per poi correggere i compiti in classe dei propri alunni.

Con ancora indosso il camice da cucina, Philippe era intento a sparecchiare e a caricare la lavastoviglie, il televisore era accesso e le previsioni del meteo nazionale scorrevano ignorate dai due padroni di casa. Camille tornò dalla camera con in mano un pacco di fogli dal volume considerevole; spense la TV e prese possesso del divano con penna rossa alla mano. Suo marito le sorrise dalla cucina mentre lei gli ricordò come quella sera toccasse a lui portare la pattumiera in cantina.

Camille però, dal canto suo, non aveva il benché minimo sospetto che quelle sarebbero state le ultime parole che avrebbe rivolto al caro amato Philippe.

***

Séline si era offerta di accompagnare Shaun fino all'hotel dove avrebbe trascorso la notte ma lui aveva rifiutato con garbo. Non era la prima volta che si trovava a Parigi e non avrebbe corso il rischio di perdersi, anche perché si sarebbe affidato a un agente che lo avrebbe portato con una volante fino al suo albergo, a pochi passi dall'*Hotel de Ville*.

Dal canto suo, l'investigatrice volle tornare a casa da sola, per poter pensare agli sviluppi totalmente inaspettati del caso: mai avrebbe pensato di trovarsi nel bel mezzo di una sorta di intrigo internazionale, con un serial killer capace di spostarsi e colpire con estrema rapidità ed efficacia da entrambe le parti della Manica e senza commettere per giunta alcun errore.

Le luci di Parigi si riflettevano sui vetri della sua auto mentre l'investigatrice si dirigeva verso la propria umile dimora.

Ignara di ciò che stesse succedendo, la città continuava a ergersi maestosa incurante di quanto stesse accadendo tra le sue vie e all'interno dei suoi palazzi. L'*Hotel des Invalides* pareva essere interamente ricoperto d'oro grazie ai lampioni e ai fari che ne illuminavano le fattezze e la magnifica cupola: sfrecciando su *Quai d'Orsay,* Séline gettò lo sguardo sull'imponente monumento mentre, dall'altro lato, la Senna scorreva lenta e indisturbata.

La donna venne poi colta da una strana sensazione di inquietudine: il suo istinto le stava dicendo che, probabilmente, ci sarebbero state altre vittime e che il serial killer non si sarebbe mai fermato a due omicidi. Era ben consapevole del fatto che in tempi brevi, sperando non quella notte, sarebbe spuntato un nuovo cadavere chissà dove. L'ultima cosa che desiderava era dover intraprendere un viaggio per tutta Europa alla caccia di una mente criminale scrupolosa, attenta e, soprattutto, efferata.

L'investigatrice lasciò l'auto nel parcheggio sotterraneo della propria palazzina chiedendosi se quella notte sarebbe stata in grado di prendere sonno e, perché no, di fare sogni piacevoli. Ne aveva terribilmente bisogno.

***

Su tutta la villa era ormai calato il silenzio. La notte e la sua oscurità si stavano iniziando a posare su tutte le stanze come una coperta che lentamente copre e avvolge un bambino nel proprio letto. Le persone che si muovevano per i suoi corridoi erano ormai poche. L'uomo stava uscendo da quel castello pensando alle molteplici possibilità che potesse offrire quella struttura in termini economici e anche turistici. Si fermò per un istante nel cortile di ghiaia osservando il cielo: qualche sparuta stella stava comparendo tra le nuvole anche se con ogni probabilità da lì a qualche ora sarebbero iniziate a cadere le prime gocce di pioggia.

L'uomo aveva trascorso all'interno di quel luogo meraviglioso più tempo di quanto avesse originariamente previsto e aveva una leggera fretta. C'erano dei piani ben precisi da dover rispettare. Salì sulla propria auto e prima di avviare il motore guardò il finestrone di quella stanza posta sul piano rialzato della villa; gli parve di vedere un'ombra spostarsi da dietro le tende color panna, sapeva chi fosse, dopodiché la luce si spense. Sorrise. Era felice, forse per la prima volta nella sua vita. Era una strana sensazione per lui, totalmente nuova, un senso di realizzazione percorse le sue vene mentre la sua auto viaggiava lungo il vialone alberato lasciandosi l'edificio alle spalle.

Le prime gocce d'acqua iniziarono a cadere dal cielo sul parabrezza della vettura dando vita a un concerto tutto loro fatto di ticchettii sempre più frequenti e ravvicinati.

La notte parigina stava appena iniziando a fare il proprio corso e quell'uomo non aveva assolutamente tempo da perdere. Aveva fretta e doveva agire il più rapidamente possibile. C'era una nuova missione da compiere al più presto.

***

Jacqueline Lamoiselle era una scrittrice di successo famosa in tutta la Francia e non solo. I suoi ultimi libri stavano riscuotendo un buon successo anche al di fuori del paese transalpino. I romanzi che aveva scritto negli ultimi anni erano caratterizzati da intrighi politici e internazionali, con ricchi colpi di scena e storie a dir poco appassionanti. Aveva ormai una certa età, si avvicinava alla settantina; questo però non aveva posto un freno o un rallentamento alla sua vena creativa, forse anche grazie alla sua capacità di adattarsi meravigliosamente agli aggiornamenti della tecnologia e dei tempi moderni.

Il suo ultimo lavoro, *Intrighi a palazzo*, stava velocemente scalando la vetta delle classifiche di vendita grazie ai molti lettori che le davano fiducia e che le mostravano affetto e stima da diverso tempo. Tra questi c'era anche Philippe, che aveva avuto anche il piacere e l'onore di poterla intervistare un paio di mesi prima, proprio in occasione dell'imminente pubblicazione del libro. Quella sera però la stanchezza aveva avuto la meglio sul giornalista, forse a causa delle fatiche culinarie di quel giorno: si era addormentato sul letto mentre stava leggendo il quinto capitolo del libro ormai diventato un bestseller.

Si svegliò di soprassalto; erano da poco passate le due e non aveva ancora portato fuori di casa la pattumiera. Guardò accanto a sé e vide che Camille non era ancora sotto le coperte e questo un po' lo fece allarmare. Si alzò cercando di non fare alcun rumore e si diresse verso il salotto. Il televisore era acceso, anche se sprovvisto di audio, e sua moglie dormiva sul divano, con una paio di compiti in classe tra le mani e con la penna rossa poggiata sul seno.

"Andiamo a letto. È tardi". Le sussurrò dolcemente dandole un bacio sulla fronte".

La donna si mise più comoda mugugnando qualcosa di incomprensibile. L'uomo sorrise e andò a spegnere il televisore. Poi si diresse verso la cucina, prese i rifiuti, le chiavi dell'appartamento, si infilò la giacca e scese per recarsi in cantina.

Come tutte le cantine di tutte le palazzine e di tutte le case, anche quella in *Rue Royer-Collard* era un luogo buio e freddo e metteva un po' di soggezione, specie a quell'ora, quando la notte stava iniziando a intrufolarsi lungo i corridoi e all'interno delle stanze. Philippe si strinse sempre di più la giacca per resistere al gelo pungente; che fosse estate o inverno non cambiava nulla, la temperatura laggiù era sempre fredda, a tratti gelida. L'uomo arrivò nello stanzino dedicato al deposito rifiuti e accese la piccola luce che lasciava intravedere a malapena i quattro angoli.

Philippe non si era accorto della presenza di un uomo nascosto nell'ombra, non lontano da lui, lì pronto ad aspettarlo impaziente da diversi minuti. Egli, ignaro di tutto questo, si avvicinò al grande bidone verde, sollevò il coperchio, gettò il sacchetto dei rifiuti e lo richiuse sospirando per aver portato a termine un compito allo stesso tempo semplice e fastidioso. Non fece tempo a girarsi per fare ritorno al proprio appartamento che sentì un dolore molte forte alla testa poi improvvisamente attorno a lui divenne tutto buio e anche quella piccola lampadina posta sopra la sua testa si spense.

***

Séline si svegliò di scatto e, come spesso capita in queste occasioni, fu subito lucida e attiva. Non ricordava cosa avesse sognato e cosa l'avesse portata a balzare in piedi dal letto ma almeno era certa di una cosa, stava dormendo, ne aveva bisogno. Si rese conto di essere sudata, probabilmente a causa di incubo che le aveva portato alla mente brutti eventi. La donna si voltò verso il suo comodino e illuminò lo schermo del proprio smartphone e, con sommo stupore, vide come mancassero ancora molte ore all'alba. Si sentiva però stranamente riposata e con nuove energie nonostante avesse dormito decisamente poco, pochissimo.

Séline capì immediatamente che non avrebbe più preso sonno quella sera, così decise di alzarsi e di mettersi al computer. Nella sua mente ricorrevano veloci il numero XV, il 119 e anche il 77, il planetario, il volto di Eloise e il racconto fatto da Shaun su quanto ritrovato all'interno del *British Museum*. Pensò inoltre che fosse estremamente strano come due persone, di giovane età, fossero morte praticamente per arresto cardiaco e, stando a quanto riferito dal detective inglese, Paul era anche solito svolgere frequentemente attività fisica all'aperto, o così aveva riportato la sua vicina di casa.

Séline uscì dalla camera da letto e si diresse verso il salone dove era presente il suo computer portatile. Con indosso i pantaloncini del proprio pigiama e una canottiera semplice, i capelli finalmente sciolti, passò davanti a una finestra, si soffermò e guardò fuori.

La punta della *Tour Eiffel* faceva capolino tra i tetti delle case mentre il faro posto in cima continuava a illuminare il cielo della capitale francese. L'investigatrice si chiese quante persone in quel momento si trovassero sotto il celebre monumento, a scattare fotografie e a baciare il proprio innamorato, per dare adito al più classico dei cliché nella città definita per antonomasia come la più romantica del mondo.

Séline però non aveva in mente alcuna sorta di romanticismo, tutt'altro. Le ultime ore le stavano mostrando e ricordando, qualora ce ne fosse stato bisogno, il punto fino a dove fosse in grado di spingersi l'essere umano contro se stesso, contro i propri simili.

Nel palazzo di fronte si spense l'ultima luce; la donna sperò che tutti potessero avere sogni tranquilli, almeno loro. Questi non erano di certo degli ottimi giorni per trovarsi a Parigi, dal momento che la notizia dell'omicidio aveva scosso persino una città così grande e mastodontica che pareva non avere confini. Per Séline era come se ne nell'aria si fosse inserita una scintilla di agitazione, di preoccupazione, di paura.

Mentre era assorta nei propri pensieri osservando i tetti parigini, l'investigatrice ebbe un'intuizione. Si avvicinò di corsa al proprio computer, lo afferrò rapidamente con una mano e lo portò sul letto, dove si sedette al centro del materasso sfogliando i documenti inerenti il caso. Le parve che alcuni pezzi del puzzle stessero finalmente trovando la loro collocazione incastrandosi come per magia. Si affrettò quindi a effettuare alcune rapide ricerche, trovando finalmente le risposte agognate. Non era ancora sicura, ma sentiva di essere vicina al punto di svolta, a quel dettaglio che stava cercando da quando aveva messo piede nel planetario.

Le serviva un'ultima informazione e sapeva che solo una persona era in grado di fornirgliela; con un po' di titubanza prese il cellulare e sfogliò i numeri presenti nella sua rubrica, si soffermò su quello che stava cercando, controllò nuovamente che ora fosse, era decisamente presto e il mattino era ancora distante ma non poteva più permettersi di aspettare, ogni minuto perso poteva essere di vitale importanza. Si diede coraggio, fece un respiro profondo e avviò la chiamata.

10

La testa gli doleva ancora. Istintivamente cercò di toccarsi la parte superiore del cranio ma si rese conto di non potersi muovere, aveva le mani legate. Philippe era ancora intontito dalla botta ricevuta un paio di ore prima. Ricordava solo lo stanzino della propria cantina poi il buio totale, anche se cercare di tornare indietro nel tempo con la memoria gli costava una fatica tremenda. Sbatté le palpebre ma la sua vista era annebbiata, non vedeva praticamente nulla, l'oscurità pareva avvolgerlo.

Il suo corpo sembrò risvegliarsi in toto non appena si rese conto del freddo che stava aleggiando attorno a lui. Iniziò a tremare dal momento che non indossava abiti consoni a resistere a quella temperatura. Cercò di chiudersi a riccio nel tentativo di scaldarsi un pochino anche se, per lo meno inizialmente, questa manovra non comportò alcun miglioramento.

Al freddo pungente seguirono le gocce di pioggia che, non troppo distanti da lui, iniziarono a cadere con una discreta intensità e con regolarità. Dall'eco dei rumori gli sembrò di trovarsi in un posto abbastanza piccolo ma al contempo apparentemente vuoto; erano tutte delle supposizioni d'altronde e niente più. Una cosa invece gli sembrò certa: non si trovava nella sua cantina. Era stato portato altrove e chissà per quale motivo.

La paura in quel momento si impossessò di lui. Pensò alla sua Camille e al regalo per il loro anniversario. Pianse anche se i singhiozzi e i lamenti vennero soffocati dal bavaglio che aveva stretto attorno alla bocca. Accoccolato a terra e in lacrime, non poté vedere l'uomo che, a pochi passi da lui, sorrise all'udire il suo pianto.

***

Francis era sempre stato un uomo tutto d'un pezzo, soprattutto da quando era entrato nel corpo di polizia. La sua diligenza e lealtà verso il lavoro lo avevano premiato nel corso della sua carriera a discapito, forse, della sua vita privata. Si era dedicato troppo alla propria occupazione da dimenticarsi di creare una famiglia o forse in realtà non ne aveva mai sentito il bisogno. Quello che un tempo era il tipico studente con la testa solo sui libri, ora era diventato commissario della *Police Nationale*; era orgoglioso di quanto fatto.

Francis quella notte non aveva chiuso occhio, non aveva potuto fare altrimenti. Di notti insonni ne aveva passate diverse, soprattutto negli ultimi giorni. Non ricordava quasi più la morbidezza del suo materasso e il caldo avvolgente della sua camera da letto. Ora aveva cose più importanti a cui pensare; sentiva il bisogno di agire e di dover fare qualcosa, al più presto.

Osservò fuori dalla finestra e notò come mancassero poche ore all'alba: il cielo era ancora scuro e buio, coperto di nuvole e nessuna stella era visibile lassù. Un lento timidissimo pallore pareva però spuntare lontano e dare una leggera luce in quella notte oscura. La pioggia batteva ancora, costante e decisa.

Il commissario sospirò, incerto e dubbioso sul da farsi. Si passò una mano sul volto e si stropicciò il viso come se volesse risvegliare i muscoli facciali assopiti da ore trascorse senza sonno. Molti pensieri scorrevano veloci nella sua mente, come un torrente in piena intento a scendere verso valle dall'alto della montagna. Non era la prima volta che si trovava in una situazione simile ma aveva imparato a conviverci, grazie al duro lavoro e all'esperienza accumulata negli ultimi anni.

Assorto in questi momenti e preoccupazioni, come se si trovasse in un altro luogo e su un altro pianeta, non si rese conto che il suo telefono stava squillando.

***

Camille si svegliò per il dolore alla schiena. Il divano non era certo il posto più comodo su cui dormire. Si stiracchiò cercando di risvegliare tutti i muscoli intorpiditi. Notò che non aveva più tra le mani i compiti in classe e che il televisore era spento nonostante si ricordasse praticamente il contrario. Si alzò ancora indolenzita e trovò i propri fogli poggiati con cura sul tavolo. Spense la piccola luce ancora accesa in cucina e si diresse verso la camera da letto.

Prima fece una sosta in bagno per togliersi gli ultimi residui di trucco quindi spense tutte le luci e si infilò sotto le lenzuola con gli occhi che già si stavano chiudendo per il sonno. Allungò il braccio per accarezzare suo marito ma si rese conto che accanto a lei non c'era nessuno. Il letto era per metà vuoto. Si alzò di scatto e vide che Philippe non c'era.

"Philippe?" chiese ad alta voce cercando di ottenere una risposta che però non arrivò.

La donna gettò via le lenzuola con un gesto repentino e iniziò a cercare suo marito per tutta la casa accendendo tutte le luci possibili, ma di lui non vi era alcuna traccia. Il pensiero che potesse essere successo qualcosa di brutto iniziò a impossessarsi di lei; si ricordò dei rifiuti, prese una giacca e rapidamente corse giù in cantina con tra le mani il proprio cellulare per qualsiasi necessità. Cercò di percorrere le rampe di scale il più velocemente possibile, non curandosi dei possibili rumori creati dalle sua scarpe e fregandosene dell'ora decisamente tarda. Una volta arrivata corse verso la stanza dove si trovavano tutti i bidoni dei rifiuti, vi arrivò arrancando e accese la luce.

Il silenzio di quella notte venne squarciato da un urlo di una donna che svegliò gran parte degli abitanti della palazzina. Philippe era scomparso e Camille non aveva idea di dove fosse.

***

Il freddo era diventato ormai insostenibile. Il corpo di Philippe tremava tutto. Il suo misero pigiama serviva a ben poco in *quel* posto e in quella notte buia e piovosa. Ormai anche le lacrime erano esaurite e la paura se ne era andata, anche se il terrore era sempre in agguato e aleggiava sopra di lui, come se fosse in attesa di sferrare il proprio attacco dall'alto, come un uccello rapace affamato.

L'uomo si avvicinò a Philippe uscendo dalla penombra di quella piccola stanza. Il suo volto era leggermente illuminato in controluce e dalla sua posizione il prigioniero fece fatica a vederne i particolari, non riuscendo così a scoprirne l'identità. I rumori dei suoi passi riecheggiarono prorompenti nelle orecchie di Philippe come tamburi squillanti in una marcia militare. Gli parve di sentire tremare il pavimento sotto di sé; si fece forza e colmo di agitazione cercò di voltarsi per vedere meglio l'artefice di tutto.

Il naso era ormai completamente rosso. Nonostante l'inverno fosse passato già da un po', quella notte e quel posto erano particolarmente freddi. Nel voltarsi Philippe perse l'equilibrio e rotolò per qualche centimetro sulla propria destra; allungò istintivamente i suoi piedi come se un crampo avesse colpito i suoi polpacci. Le dita del piede destro urtarono qualcosa che cadde facendo propagare nella piccola stanza i rumori di un pezzo di vetro infranto. Immediatamente Philippe tornò a raggomitolarsi su stesso.

"No, no, no Philippe. Fai il bravo". La voce dell'uomo era calma e pacata. Non l'aveva mai sentita prima d'ora. Non la conosceva.

Nel prigioniero tornò fulminea la paura, che iniziò a scorrere nuovamente nelle sue vene. Riprese a tremare e a implorare affinché quell'uomo lo salvasse ma tutto ciò che si poté udire in quella stanza furono solo dei mugugni e nulla di più.

Philippe tenne gli occhi chiusi stringendoli più forte, fino a dove lo spinse la soglia del dolore. Ancora una volta i suoi pensieri furono rivolti a Camille e si chiese se si fosse già accorta della sua scomparsa e se la polizia fosse già sulle sue tracce. Aveva però la sensazione che per lui non ci fosse ancora molto tempo e mai sensazione fu così vicina alla realtà.

***

Camille era in stato di shock tenendo ancora tra le mani la giacca di Philippe che aveva trovato nello stanzino dei rifiuti della cantina. Era vittima di una attacco di panico nonostante accanto a lei ci fossero due agenti donne mentre un terzo, un uomo sulla cinquantina, cercava di porle qualche domanda. La donna pareva essere totalmente assente, non aveva idea di dove fosse suo marito, era letteralmente scomparso e tutto ciò che restava di lui era solo un misero pezzo di stoffa, seppur costoso.

Camille iniziò a darsi la colpa per quanto successo, per avergli chiesto di portare i rifiuti in cantina, per non averlo fatto lei, per essersi addormentata sul divano e per non essere stata al suo fianco. Tutto questo sfociò in un pianto ininterrotto. Voleva sapere dove fosse Philippe. Tra i mille singhiozzi della donna gli agenti non riuscirono a cavare una sola parola o una minima informazione.

"Occorre diramare l'avviso a tutte le centrali, dopo quello che è successo al planetario" disse Sophie, la più giovane della pattuglia che pareva essere parecchio scossa dalla scena che aveva di fronte ai suoi occhi. Era ancora alle prime armi e non era abituata a sopportare scene così forti e intense.

Marcel, l'agente capo, annuì e si allontanò da Camille, cercando di trovare un luogo più appartato dal quale poter chiamare la centrale. La donna non vide l'uomo allontanarsi, aveva il volto tra le mani con le lacrime che filtravano dalle fessure delle dita. Usò la giacca di Philippe per asciugarsi un po' il viso e si fece forza per rispondere alle domande degli agenti. Doveva farlo per suo marito.

"Si faccia forza, ci dica come è andata. Così per noi sarà più facile trovare Philippe". Sophie cercò di tranquillizzare la moglie che annuì con il capo, poi prese il fazzoletto che teneva nella mano sinistra e si soffiò il naso, cercando comunque di essere il più discreta possibile anche in una situazione del genere.

Camille raccontò tutto, dalla cena ai compiti in classe da correggere, senza dimenticare quel maledetto sacchetto dei rifiuti. Il suo racconto venne interrotto più volte in quel preciso punto dal pianto.

"Lo troverete vero? Troverete Philippe?" chiese la donna con gli occhi stracolmi di lacrime. Sophie sorrise e le parve di avvertire parte del dolore di Camille, una donna del tutto indifesa che aveva praticamente perso la sua vita; le sorrise con estrema gentilezza cercando a sua volta di trattenere il pianto.

"Faremo di tutto per trovare suo marito. Le posso promette questo". L'agente le sorrise nuovamente e si avvicinò a Marcel, che nel frattempo stava chiudendo la propria conversazione.

***

Per quell'uomo erano attimi concitati. Era stato calcolato tutto al minimo dettaglio, nei tempi e negli spazi. Aveva aspettato diversi minuti l'arrivo di Philippe in quella cantina per gettare il sacchetto dei rifiuti. Era arrivato anche al punto di cedere, di dover stravolgere i suoi piani. Non lo aveva mai fatto ma la posta in palio era alta, troppo alta per permettersi un rinvio o un ritardo di chissà quanti giorni. Era già riuscito a entrare nell'appartamento ma non appena aveva notato il televisore acceso e una donna dormire sul divano se ne era andato con lo stesso silenzio con il quale era arrivato; il sacchetto dei rifiuti vicino all'ingresso, gli lasciò aperta una speranza e decise di aggrapparsi a quella. Ormai però stava per perdere la pazienza, quando sentì dei passi arrivare verso di lui: Philippe finalmente era arrivato e la sua *missione* poteva avere inizio.

Ora si trovava in quella stanza insieme alla sua prossima vittima, tremante e infreddolita. Il piccolo vetro rotto era stato solo un piccolo incidente di percorso ma non aveva tempo per ripulire il tutto. Lo avrebbe lasciato lì pensando alle congetture che gli investigatori avrebbero fatto per cercare di capirne il significato.

Aveva già illuminato la stanza ma Philippe non si dannava ad aprire gli occhi. Se ne stava accucciato in un angolo, come un cane bastonato, con gli occhi chiusi nonostante *lui*, avesse deciso di non bendarlo; questa volta no, non era necessario. Non era come Paul, un lottatore.

L'uomo decise allora di passare all'azione: una musica iniziò a riecheggiare nella stanza, dolci noti musicali - *Jazz Suite No. 2* - che accompagnavano i suoi pensieri e i suoi gesti. Si fermò per un istante fingendo di dirigere un'orchestra, poi si avvicinò lentamente a Philippe, marcando ogni suo singolo passo e aspettando che l'eco delle sue scarpe si disperdesse tra quelle quattro mura.

Il prigioniero, dapprima infastidito dalla presenza della musica, si racchiuse sempre più a riccio man mano che il suo carnefice si avvicinava.

L'uomo sorrise, sapeva che per Philippe non c'era più scampo: giunse al suo fianco e lo vide tremare, non solo per il freddo. Poteva percepire in lui la paura, o addirittura il terrore. Si chinò lentamente e non poté fare a meno di notare come il respiro della sua vittima fosse affannoso mentre il suo era calmo, freddo e implacabile.

Philippe non voleva aprire gli occhi, non lo avrebbe fatto per nulla al mondo. La paura lo aveva paralizzato e il terrore di vedere lì di fronte a sé Camille prigioniera e vittima di quell'uomo lo faceva galleggiare in una sensazione di costante inquietudine e incertezza. Una situazione insostenibile.

Non appena sentì le prime note di Shostakovich aggrottò le sopracciglia, dal momento che non si sarebbe mai aspettato nulla di simile. Mai.

I passi di quell'uomo si stavano avvicinando lenti ma decisi. Philippe era ormai convinto di avere a che fare con uno squilibrato.

Il suo respiro si fece più affannoso dal momento che quell'uomo era giunto accanto a lui. Lo sentiva vicino a sé. Era convinto che ormai fosse giunta la sua ora. Dagli occhi chiusi uscì una lacrima, stava pensando a Camille e le stava dicendo addio, per sempre.

Tra le note poté udire, quasi in modo impercettibile, delle lettere appena accennate e sussurrate nel suo orecchio destro. Ci volle qualche secondo affinché il suo cervello le elaborasse e ne capisse il significato ma quando ciò avvenne fu come un'esplosione improvvisa in grado di squarciare ogni cosa nel raggio di centinaia di chilometri. Senza rendersene conto Philippe sbarrò gli occhi e di scatto si voltò alla sua destra dove vide *lui* in piedi, mentre sorrideva beffardo. Nonostante fosse legato e imbavagliato, gli sembrò che il freddo se ne fosse andato e che le forze fossero finalmente tornate. Volle ribellarsi poi mosse il capo e vide ciò che c'era di fronte lui e ciò che aveva rotto pochi istanti prima.

In quel preciso istante tutto si fermò, le gocce di pioggia là fuori parvero sparire così come quell'uomo accanto a lui e il mondo intero con lui. Ora era solo con *quello* spettacolo. Il suo cuore iniziò a battere velocemente, come un martello pneumatico incessante. Le gocce di sudore scesero rapidamente sul suo volto, il suo corpo e i suoi occhi si pietrificarono, sbarrati. Dopo pochi secondi iniziò a tremare, come se fosse in preda alle convulsioni fino a quando si fermò, esanime. Fu tutto così breve, non era pronto ad affrontare una lotta simile, non lo era mai stato.

L'uomo osservò compiaciuto e quando vide Philippe spirare spense la musica e se ne andò soddisfatto. Da lì a poco sarebbe stato giorno. Di nuovo.

11

Séline era fremente, aveva passato tutta la notte a fare ricerche. Ogni risultato trovato le riempiva il cuore di gioia ma allo stesso tempo la allarmava, pensando a quanto fosse contorta la mente dell'assassino. Il killer si era mostrato molto abile a scavare molto in profondità nella vita delle sue vittime. Oltre ogni limite.

L'investigatrice si era rammaricata di aver dovuto svegliare nel cuore della notte Michel Doumburt ma aveva bisogno di risposte, subito. Il sole doveva aver fatto capolino da qualche parte da diversi minuti dal momento che il cielo si era schiarito nonostante fosse ancora completamente ricoperto dalle nuvole; la pioggia continuava a battere su Parigi con un'intensità maggiore rispetto alla notte senza lasciare il minimo spazio al benché minimo segnale di sereno. Séline non vedeva l'ora di raggiungere il commissario e il detective Moore in centrale, per poter dire loro tutte le notizie che aveva scoperto in quella nottata così prolifica.

La donna guardò l'orologio. Era ancora presto ma non le importava. Si vestì velocemente indossando dei comodi pantaloni scuri e una camicia a righe, quindi uscì di casa per raggiungere al più presto la stazione di polizia. Decise che non avrebbe preso la macchina quel giorno e si incamminò in tutta fretta verso la stazione della metropolitana di *Saint-François-Xavier* riparandosi dalla pioggia con la sua giacca impermeabile e stringendo attorno al proprio volto il cappuccio scuro. Non riusciva a essere dispiaciuta quella mattina, anzi, poteva quasi definirsi felice. È vero, mancavano ancora molti pezzi del puzzle ma forse, per la prima volta dal ritrovamento del cadavere di Eloise Charcanelle, iniziava a capirci qualcosa. Forse.

***

Francis Du Monde non aveva di fatto chiuso occhio quella notte. Dal proprio ufficio osservava la città risvegliarsi, come se si stesse stiracchiando molto lentamente con estrema eleganza. Pensieri e preoccupazioni gli percorrevano ancora la mente e la telefonata che aveva ricevuto nel cuore della notte non aveva fatto altro che alimentare la sua agitazione. Sapeva benissimo che d'ora in avanti tutto sarebbe stato molto più difficile. Serviva attenzione, concentrazione e determinazione. Anche il più piccolo dettaglio sarebbe stato fondamentale.

Si alzò dalla propria poltrona e si avvicinò alla finestra bagnata dalle gocce di pioggia. Con la mano destra bevve l'ennesima tazza di caffè, sorseggiando e pensando. Il ticchettio del vetro poco distante a lui pareva non disturbarlo, la sua mente si era rifugiata chissà dove; il cellulare iniziò a squillare ma Francis se ne accorse solo dopo qualche istante. Si voltò verso la propria scrivania, lo prese e rispose.

"Certo. Ricevuto". La telefonata era stata breve ma abbastanza lunga da rabbuiare il volto del commissario. Francis sospirò profondamente. La preoccupazione si era impossessata di lui. Guardò nuovamente fuori all'esterno e vide una donna dal corpo atletico e tutta chiusa nella propria giacca con cappuccio entrare di corsa nella centrale.

***

Shaun uscì dalla stazione della metropolitana aprendo il proprio ombrello nero. Conosceva bene Parigi, certamente non come Londra, ma era in grado di orientarsi senza troppe difficoltà anche nella capitale francese. In passato aveva avuto anche occasione di possedere una casa nella *Ville lumière*, non troppo distante dalla *Tour Eiffel*. Passeggiando verso il commissariato, al detective parve di vedere poco davanti a lui l'investigatrice Brunet intenta a raggiungere in tutta rapidità la centrale; apprezzava il modo di lavorare della donna, era intelligente e sapeva dare la giusta attenzione ai dettagli. Non si aspettava la sua presenza in questa indagine, Francis infatti non aveva mai parlato di lei nei vari incontri che avevano avuto nei mesi e negli anni precedenti. Questo gli diede l'occasione di pensare quanto il commissario Du Monde fosse cambiato nel tempo, soprattutto in queste ultime ore, dove era sembrato essere profondamente turbato. Shaun si era sempre sentito al sicuro accanto a lui, come se un'aura di protezione quasi paterna lo avvolgesse coccolandolo. Questa volta era diverso, lo sentiva, lo percepiva.

Era quasi sicuro che il commissario gli stesse nascondendo qualcosa, forse inerente al caso o alla sua vita. Non poteva saperlo e in fondo non ne era nemmeno così sicuro. Era solo un sospetto e nulla più, per il momento.

Ormai la pioggia aveva bagnato interamente il suo ombrello e piccole gocce iniziavano a cadere con costanza e tenacia anche dalle estremità del parapioggia. Shaun si arrestò sotto l'ingresso della centrale dove chiuse l'ombrello e si soffermò per qualche istante a guardare il cielo grigio, che con il passare dei minuti sembrava diventare sempre meno cupo, grazie al sole che continuava a salire alto lassù, nascosto da qualche parte dietro le nuvole.

***

L'immensa villa quella mattina era stata particolarmente silenziosa, forse anche a causa del brutto tempo che si stava abbattendo là fuori. Nel cortile di ghiaia iniziavano a formarsi le prime pozzanghere dove le gocce cadevano formando un susseguirsi infinito di anelli sull'acqua. Gli alberi che circondavano l'edificio su tre lati avevano le foglie, impregnate d'acqua, che lentamente si chinavano verso il suolo.

All'interno del *castello* la vita proseguiva, come sempre. Il numero di persone che circolavano tra le stanze e i corridoi era inferiore rispetto al solito; al primo piano della costruzione un paio di occhi scrutavano all'interno della foresta che si ergeva sul lato nord del terreno: conifere e latifoglie parevano perdersi nell'orizzonte ed estendersi fino all'infinito ma non era così. Oltre quel bosco spuntavano le prime case e i primi tetti che lentamente venivano abbracciati da Parigi e dal suo immenso agglomerato urbano. La figura posta alla finestra del primo piano sapeva tutto questo, lo sapeva bene. Mentre la pioggia continuava a cadere e l'alba era in procinto di arrivare, qualcuno bussò alla porta di quella stanza. La figura non rispose ma dopo che l'uscio si aprì comparve sul suo volto un minuscolo sorriso.

***

Séline e Shaun giunsero quasi contemporaneamente in centrale, a distanza di una manciata di minuti l'una dall'altro. L'investigatrice e il detective si salutarono mentre stavano prendendo posto nella stanza di vetro. L'uomo non poté fare a meno di notare come negli occhi della donna vi fosse una sorta di ritrovata luce e contentezza e quando i due sguardi si incrociarono entrambi sorrisero.

L'unico assente, per il momento, era ancora il commissario Du Monde, anche se un agente aveva riferito loro che stava arrivando, doveva solo ultimare alcune cose nel proprio ufficio.

"Com'è dormire lontano da casa in una situazione simile?" Séline era intenzionata a conoscere meglio il detective Shaun, non tanto sotto l'aspetto professionale, ma dal punto di vista umano. Voleva capire che persona fosse.

"Ci sono abituato ormai, ma una cosa è certa: nessuno può battere il letto di casa propria". L'investigatrice sorrise a questa risposta mentre entrambi erano indaffarati a sistemare ognuno le cartelle e i documenti del proprio caso anche se ormai si erano fusi in un'unica indagine.

Séline dentro di sé pensò che Shaun avesse ragione; non le capitava spesso di uscire da Parigi, e a maggior ragione dalla Francia, ma ogni volta che le era capitata la possibilità, aveva sempre portato con sé un velo di nostalgia nei confronti della sua casa e della sua amata città.

In quel momento la porta della stanza si aprì e Francis entrò scusandosi per il ritardo. Il detective e l'investigatrice notarono sin da subito il volto stanco e spossato del commissario, che lasciava trasparire in bella vista una massiccia dose di preoccupazione, come se fosse stato sveglio tutta la notte e dentro di lui albergasse un grande segreto. Séline e Shaun si guardarono preoccupati e intimoriti e nella donna parve spegnersi tutta quella luce e gioia visibile fino a pochi istanti prima. Prima che qualcuno dei due potesse dire qualcosa, fu il commissario a parlare per primo rompendo quella strana atmosfera che si era creata.

"Venite con me, c'è qualcosa che vi devo dire". Francis uscì dalla stanza lasciando l'investigatrice e il detective interdetti. Velocemente ognuno raccolse le proprie cose ed entrambi seguirono Du Monde il più rapidamente possibile.

***

La volante della polizia sfrecciava ad alta velocità e con le sirene spiegate. Sèline e Shaun erano seduti sui sedili posteriori mentre il commissario occupava quello del passeggero accanto all'autista. Al volante un agente era intento a evitare le altre auto per raggiungere al più presto la *Tour Jean-sans-Peur*. Francis aveva spiegato loro come nella notte c'era stato un nuovo omicidio, il killer aveva colpito ancora.

Anche in questa occasione era stato scelto un luogo tutto sommato famoso, certo non paragonabile al *British Museum* o al planetario di Parigi, ma non vi erano dubbi che si trattasse del loro assassino, stando a quanto avevano riferito i primi agenti, giunti sul posto dopo la chiamata ricevuta dal custode della torre, visitabile dai turisti ma che in quell'occasione, e forse anche per i giorni futuri, sarebbe stata chiusa al pubblico.

L'auto attraversò la Senna all'altezza dell'*Ile de la Cité*, percorrendo *Boulevard du Palais*. Shaun osservò ergersi poco distante la cattedrale di *Notre Dame* anche se ben presto la chiesa gotica sparì dalla sua vista. La volante imboccò *Boulevard de Sébastopol* per poi raggiungere finalmente *Rue Etienne Marcel*.

La notizia di un nuovo omicidio aveva creato in Séline due sensazioni contrastanti tra loro: da un lato una nuova ondata di sconforto si era insinuata in lei al punto tale che non aveva ancora comunicato a nessuno, anche per questioni di tempo, le scoperte che aveva effettuato nel corso della notte appena trascorsa; dall'altro continuava invece a crescerle un forte sentimento di rabbia e una determinazione sempre maggiore e ancor più decisa: avrebbe trovato questo assassino seriale dalla mente contorta e lo avrebbe fermato lei stessa a qualunque costo, per Eloise, Paul e anche per questa nuova vittima, di cui ignorava ancora l'identità.

***

La *Tour Jean-sans-Peur* è sconosciuta alla maggior parte dei turisti. Quasi tutti i visitatori che giungono a Parigi se ne vanno ignorandone l'esistenza. Praticamente nascosta nel cuore della capitale francese, la torre medievale nasconde al suo interno una spiccata bellezza in materia di scultura e decorazione.

Séline conosceva il monumento, le era capitato di passarci in più di un'occasione e da discreta appassionata d'arte qual era, un paio di volte aveva anche visitato la torre. Questa volta però la visita non era certo per piacere o per svago.

Il commissario stava guidando lei e Shaun verso i 140 scalini che portavano in cima alla costruzione e, una volta raggiunta la sommità, i tre videro il corpo di Philippe Besaux disteso senza vita. La scena si rivelò familiare ai tre agenti: occhi sbarrati, bocca spalancata, mani distese lungo il corpo, segni di legatura attorno a polsi e caviglie e una serie di oggetti posti attorno alla vittima.

Questa volta c'erano delle fotografie, parevano essere un centinaio e tutte raffigurano dei pagliacci e dei clown. Alcuni di essi avevano un aspetto horrorifico mentre altri parevano essere stati disegnati da dei bambini anche se, osservandoli attentamente e per diversi secondi, si sarebbe potuto avvertire un senso di inquietudine e smarrimento.

Séline conosceva ormai la prassi e sapeva cosa dover cercare: la scientifica aveva già analizzato quasi la totalità dell'area e questo le facilitava il compito. Si chinò accanto al corpo di Philippe scrutando con attenzione la moltitudine di fotografie presenti davanti a lei; notò come una di queste fosse caduta e come il vetro fosse andato in frantumi, la prese e la osservò ma non notò nulla di particolare che potesse attirare la sua attenzione.

"Cosa stai facendo?" chiese il commissario che parve non capirci nulla.

"Forse sta cercando la fotografia nascosta in questa scena del crimine". A rispondere fu Shaun, e Séline, nell'udire quelle parole, sorrise e annuì. Era felice di poter contare su un collega che fosse sulla sua stessa lunghezza d'onda in termini di pensieri e idee. La donna si spostò un poco, per quanto fosse possibile in quella stanza non poi così enorme, per far spazio al detective che si mise accanto a lei in questa bizzarra ricerca. Francis dal canto suo non volle essere da meno e si collocò a fianco dei due giovani restando in piedi o per lo meno fingendo di osservare tutte quelle fotografie.

"Forse ho trovato! Guarda lì Séline!" Shaun stava puntando con il dito verso una pagliaccio in particolare. L'investigatrice prima di concentrarsi sull'oggetto notò lo strano effetto che provò nell'udire il proprio nome pronunciato dal detective Moore e convenne che non le dispiaceva affatto. La donna seguì il dito di Shaun in linea retta e vide la foto incriminata: un pagliaccio a testa in giù. Si alzò, la prese, la esaminò, e rapidamente trovò un'apertura sul retro che le permise di rimuovere con estrema facilità il vetro dalla cornice. Immediatamente cadde un piccolo pezzetto di carta, era sicura di aver fatto centro.

Si chinò, lo raccolse e lo aprì. Non aveva sbagliato.

"Abbiamo trovato quello che stavamo cercando". La donna stava mostrando a Shaun e Francis una fotografia di un bambino mentre sul retro campeggiava un nuovo numero, il 120.

Il detective non si preoccupò di nascondere la proprio gioia per quel ritrovamento mentre Séline notò come il commissario fosse praticamente rimasto impassibile accennando solo un piccolo sorriso. Nella sua mente iniziò a germogliare un'idea a cui non voleva credere, né ora né mai. Cercò di allontanare quei cattivi pensieri concentrandosi nuovamente sul caso.

"Bene, mettiamoci al lavoro. Non abbiamo finito di esaminare la scena". L'investigatrice mise la fotografia in una busta trasparente e si avvicinò al corpo di Philippe aiutando Shaun a esaminarlo.

Chinandosi sulla vittima, Séline con lo sguardo non perse di vista il commissario, che ora stava sussurrando qualcosa nell'orecchio di un agente. Non appena Francis si voltò verso di lei, la donna gettò di nuovo i suoi occhi sul corpo senza vita dell'uomo, sperando di non essere stata vista.

***

La notizia l'aveva sconvolta benché in fondo se l'aspettasse. Provare a prevedere le proprie reazioni in determinate circostanze è praticamente impossibile e Camille lo sapeva bene. Il commissario Du Monde l'aveva chiamata presto quella mattina comunicandole che un paio di agenti sarebbero andatida lei per aggiornarla sulla scomparsa del marito. Nonostante amasse definirsi una persona positiva, e aveva tutte le ragioni per farlo, quella volta aveva delle strane sensazioni.

Quando gli agenti arrivarono e le comunicarono il decesso di Philippe, Camille non poté trattenersi dallo scoppiare in un pianto colmo di rabbia e di incredulità per quello che era accaduto. Contrariamente a quanto si possa pensare, la donna non cadde vittima del terribile dramma che il fato aveva tessuto a suo discapito e divenne in risposta al tragico avvenimento un' investigatrice ella stessa.

Camille aveva accettato, un po' controvoglia, la sorveglianza della polizia fuori dal proprio appartamento, a patto che gli agenti non entrassero in casa in assoluta libertà. Con gli occhi ancora lucidi e pieni di lacrime e con un volto segnato dalle lunghe ore di pianto, la donna stava spulciando tutti gli articoli che il marito aveva scritto in questi anni, cercando e annotando tutti i nomi ritenuti sospetti. Il dito indice della mano destra scorreva veloce sulla rotellina del mouse mentre pagine e pagine di articoli online si alternavano veloci sullo schermo del PC. Erano ormai lontani i tempi in cui era un'aspirante insegnante e doveva guadagnarsi da vivere trascorrendo le serate a servire dietro un bancone di un bar.

Era già risalita indietro di qualche anno quando decise di controllare anche le mail del marito, prima che la polizia le sequestrasse il computer. La donna trovò ancora salvati alcuni messaggi, rivolti a Philippe e al suo quotidiano, che riportavano minacce di morte. Lui non ne aveva mai parlato e Camille si sorprese di questo, cercando nel contempo di capire chi potesse mai essere il mittente di quelle mail, contrassegnate da un *Anonymous*. La donna notò come tutti i messaggi facessero riferimento in particolar modo a un paio di articoli che cercò rapidamente su internet. Li lesse velocemente, annotò un nome su un pezzetto di carta e spense il computer dal momento che qualcuno stava bussando alla porta; si asciugò le lacrime con un fazzoletto ormai inzuppato e andò ad aprire.

"Tutto bene signora?" Le chiese gentilmente un giovane cadetto. Camille rispose di sì con un cenno del capo sforzandosi di sorridere e richiuse dolcemente la porta. Prese il proprio telefono e compose il numero che l'aveva chiamata quella mattina, non sapeva chi fosse, le aveva solo detto di essere il commissario e di contattarla nel caso le fosse venuto in mente qualcosa che potesse essere utile per le indagini. In verità aveva trovato qualcosa, un nome, o meglio, un cognome.

"Pronto? Sono Camille Besaux. Ho trovato qualcosa che forse potrebbe aiutare le indagini e capire chi sia l'assassino di mio marito". La donna fece una grande fatica a trattenere l'ennesimo pianto e nuove lacrime, già pronte a scendere dai suoi occhi lungo il dolce viso. "Sì, ho trovato questo nome, credo sia un cognome, tra alcune sue mail e in un paio di articoli "scomodi". Il nome è Du Monde". sussurrò la donna nell'intento di far udire quel messaggio solo al suo interlocutore.

L'uomo, all'altro capo del telefono, non disse molte parole; la ringraziò cordialmente per l'informazione data e le comunicò che a breve sarebbe arrivata una nuova pattuglia a casa sua per prendere qualche effetto personale di Philippe.

12

Francis chiuse la telefonata e ripose il proprio smartphone nella tasca, tornando nella stanza di vetro dove lo stavano attendendo Séline e il detective Moore. Fu l'investigatrice a parlare e finalmente potè svelare al suo riservatissimo pubblico quanto avesse scoperto fino ad allora.

"Eisoptrofobia, belonefobia e coulrofobia. Queste sono le cause del decesso delle nostre vittime". Esordì la donna lasciando interdetti i due colleghi che la guardavano con aria stranita per averci capito poco o nulla.

"Sono tutte paure mi pare di capire". Il termine fobia aveva dato a Shaun un'indicazione precisa.

"Proprio così, rispettivamente paura degli specchi, delle siringhe e dei pagliacci".

"Quindi, quello che stai insinuando e che stai cercando di dirci è che tutte le nostra vittime sono morte di..."

"Di paura, letteralmente. Proprio così. La scorsa notte ho chiamato il medico legale Doumburt che ha confermato la veridicità della mia ipotesi". Sèline aveva interrotto il commissario, come spesso accadeva in quegli anni. Lui non se ne era mai lamentato e a lei piaceva farlo, le ricordava i tempi di scuola e gli indovinelli da completare.

"Il nostro assassino conosceva così bene le vittime al punto da sapere quali fossero le loro paure più nascoste - continuò l'investigatrice - l'LSD presente nel sangue deve aver accentuato le loro percezioni, facendo così aumentare a dismisura la loro paura e provocando l'arresto cardiaco, nonostante la giovane età".

"Dio solo sa cosa hanno provato in quei momenti. I segni attorno ai polsi e alle caviglie indicano come siano stati legati; con ogni probabilità il killer li ha sottoposti a una sorta di tortura psicologica e fisica e purtroppo anche mortale, costringendoli ad affrontare le rispettive paure senza alcuna via di scampo o di fuga e con le percezioni aumentate a dismisura a causa delle sostanze presenti nei loro corpi".

"Ma chi stiamo cercando? Un parente? Un amico? Uno psicologo? Uno squilibrato?" la domanda posta da Francis era più che legittima ma Séline per il momento non aveva ancora una risposta.

"È molto difficile dirlo al momento e il fatto che uno dei tre omicidi, sempre che si fermino qui, sia stato compiuto a Londra complica di parecchio le cose".

Un'ombra parve apparire sul volto dei tre agenti all'udire quelle parole. "Anche se riuscissimo a trovare un amico comune o lo stesso medico per le vittime di Parigi sarebbe impossibile collegarlo anche a Paul Bricely".

"Le domande irrisolte restano ancora tante e dobbiamo continuare a cercare le risposte. Capire perché siano stati scelti quelle persone e quei luoghi", proseguì l'investigatrice.

"E capire anche il significato delle fotografie". Questa volta fu Francis e interrompere la donna, che gli rispose con un sorriso sincero.

"Io chiamo Scotland Yard e vi faccio spedire tutta la documentazione sul caso Bricely, con la lista di conoscenti, parenti e quant'altro, sperando di trovare un legame comune o il filo conduttore della nostra indagine", disse Shaun abbandonando il proprio posto. Il commissario tornò sui documenti dando loro una rapida occhiata poi si rivolse a Séline.

"Brava Séline, hai fatto un ottimo lavoro, grazie". Alla donna le parole dell'uomo parvero sincere e in risposta sorrise dolcemente pur lasciando trasparire una strana sensazione, quasi di sospetto, che il commissario parve non notare per nulla.

"Ho fatto solo il mio dovere e per ora abbiamo trovato una piccola parte del puzzle". L'investigatrice era convinta di ciò che avesse appena pronunciato e in cuor suo le preoccupazioni e i dubbi erano molti e non avevano ancora iniziato a sparire dalla sua mente. Era stato fatto solo un piccolo passo e la strada per trovare l'assassino era ancora lunga. Séline sperava solo di non dover incontrare qualche altra vittima lungo questo periglioso tragitto.

***

Richard Allison era un attore di fama mondiale e una delle star cinematografiche più amate dalle donne di tutto il globo.

Quella mattina era seduto comodamente all'interno della propria Limousine mentre la pioggia cadeva su quella che era stata e in fondo era ancora la sua città. Prima di tentare la fortuna oltreoceano e trovare ricchezza e notorietà tra le colline di Hollywood, Richard - Ricard per i transalpini - aveva vissuto a Parigi. Lì aveva trascorso i primi anni della propria giovinezza come un ragazzo qualunque, con i propri amici e i propri interessi. All'età di 17 anni aveva deciso però di cambiare e di dare un senso alla propria vita. Se ne andò di casa iniziando a lavorare in piccoli teatri fino a quando non raccolse la cifra necessaria per un viaggio di sola andata con destinazione Los Angeles.

Da quando mise piede negli Stati Uniti la Fortuna parve metterlo sotto la sua ala protettrice facendolo diventare l'attore francese più famoso di sempre.

Richard, che con l'arrivo in America aveva deciso di adottare un cognome più anglosassone, aveva cercato di ricucire i ponti con il proprio passato tornando nella capitale francese in più di un'occasione, a seconda delle proprie disponibilità. Amava essere una star anche se la vita da stella del cinema si era rivelata più complicata di quanto potesse immaginare, senza un vero attimo di privacy o di intimità. Forse anche per questo era ancora single o, come lo definivano i media "lo scapolo d'oro".

Un fisico atletico e sempre allenato, una barba nera corta ma perfettamente curata, uno sguardo penetrante e avvolgente grazie a degli occhi nocciola vivissimi e una voce profonda e tremendamente maschile lo rendevano il desiderio proibito di milioni di donne in tutto il mondo.

Il suo ultimo film, *Paris, Mon Amour*, lo aveva riportato a casa, finalmente. Tra un paio di giorni la pellicola avrebbe fatto il suo esordio nei cinema di tutto il mondo e in queste ore era scaraventato dal proprio agente a destra e a manca per interviste con giornali, televisioni e radio, come quella mattina.

La Limousine viaggiava lenta tra le vie parigine mentre Richard era intento a dare un'occhiata alle ultime novità provenienti dai social network, dei quali era un grande fan. I suoi followers su Twitter aumentavano di giorno in giorno con milioni di persone in attesa del suo prossimo messaggio; ora però la sua testa era già proiettata a ciò che sarebbe accaduto quella stessa sera; era in trepidazione ed eccitato come un bambino. Dopo la chiusura egli avrebbe potuto visitare il *Louvre* in tutta libertà, come aveva sempre sognato.

Richard si accorse di essere ormai arrivato a destinazione e decise quindi di farsi un *selfie* da poter condividere con tutti i suoi fan. *Finalmente a casa, tra poco in onda, #ParisMonAmour;* così recitava il Tweet che ben presto raggiunse milioni di seguaci in tutto il mondo, dagli Stati Uniti all'Australia.

Tra quella moltitudine di persone c'era anche un uomo che non appena vide il messaggio sorrise. Anche lui, come Richard, era in uno stato di trepidazione e come lui attendeva con ansia il calar del sole e lo spuntare di una nuova notte.

***

Dopo pochi minuti Shaun rientrò nella stanza di vetro con tutti i documenti riguardanti il proprio caso londinese che erano stati mandati rapidamente tramite fax da parte di *New Scotland Yard*, utilizzando una linea riservata e preferenziale, per evitare possibili intercettazioni di qualsiasi tipo.

"Ecco qua!" disse il detective poggiando sul tavolo una quantità considerevole di fogli di carta dentro i quali si potevano trovare decine e decine di nomi legati a Paul Bricely e, trovandosi al di fuori dall'Inghilterra e dai suoi sistemi informatici, l'unica possibilità era quella di consultarli manualmente, nonostante il tempo fosse limitato.

"Sono troppi documenti e troppi nomi. È solo una perdita di tempo. Dobbiamo pensare a qualcos'altro". Il commissario era visibilmente contrariato all'idea di doversi mettere a spulciare un'infinità di nomi appartenenti a tre casi di omicidio distinti tra loro.

Séline, dapprima sorpresa dalla sua reazione, si rese conto come in effetti Francis avesse ragione.

Per un istante l'investigatrice si fermò a riflettere e le parve che il mondo attorno a lei fosse congelato. Sentiva solo il battito del proprio cuore mentre nella sua mente scorrevano veloci tutte le informazioni che aveva in suo possesso fino a quel momento. Cercò di scavare nella propria memoria per riuscire a trovare un indizio o un dettaglio inizialmente tralasciato perché ritenuto poco importante. Iniziò a passeggiare per la sala toccando con le proprie dita i bracciali che indossava su entrambe le mani. Avevano un valore affettivo di incommensurabile ricchezza perché glieli aveva regalati suo papà e non se li sarebbe tolti per nulla al mondo. Sul polso destro ne indossava uno rosso, simbolo del fuoco che ardeva dentro di lei mentre su quello sinistro, accanto all'elegante orologio, ne aveva uno azzurro, che simboleggiava la parte razionale di lei.

Séline era consapevole di come il cervello umano fosse in grado di memorizzare molte più informazioni di quanto si possa credere, bisognava solo essere in grado di scovarle all'interno della propria memoria.

Francis e Shaun stavano discutendo sul da farsi. Anche il detective si era rassegnato all'idea di rinunciare alla ricerca manuale di possibili nomi comuni alle tre vittime, sempre che ve ne siano stati. I due avevano notato come Séline fosse in una sorta di trance mentre era intenta a osservare fuori dalla finestra; il detective comprese la situazione, spesso anche lui si ritrovava assorto nei propri pensieri e quei momenti il più delle volte avevano dato un esito positivo.

"Secondo te cosa possono significare questi numeri?" La voce del commissario riportò sull'attenti il detective Moore che vide poste sul tavolo le immagini del retro delle fotografie: XV, 119, 120, senza dimenticare il 77, come le riproduzioni di clown presenti di fronte al corpo senza vita di Philippe.

"Onestamente non lo so. Proviamo a fare qualche ricerca, ora abbiamo un nuovo pezzo del puzzle". rispose Shaun osservando la fotografia trovata sulla scena del crimine della *Tour Jean-sans-Peur*.

I due si sedettero di fronte allo schermo di un computer e iniziarono a cercare nei database della polizia francese e su internet tutte le combinazioni che era possibile creare con quei quattro numeri.

"Prova ad aggiungere, Parigi, Londra, i nomi dei quartieri e degli edifici. Qualsiasi cosa". Il commissario Du Monde parve spazientirsi di fronte a quella ricerca senza esiti. Si alzò di scatto dalla sedia e iniziò a passeggiare nervosamente per la stanza portandosi una mano sulla fronte come se volesse stimolare la propria mente a pensare.

Shaun continuò invece a digitare quella serie di numeri provando ad aggiungervi, di volta in volta, una parola differente, la prima che gli venisse in mente anche se gli sembrava di essere coinvolto in una battaglia già persa, ancora prima di sguainare le spade.

Séline continuava a fissare fuori dall'ampia finestra, la quale riusciva a offrire un bello scorcio su Parigi nonostante qualche albero si frapponesse tra lei e l'orizzonte. Il suo sguardo cadde poi sulla strada che passava adiacente alla centrale e notò un oggetto, un particolare che le fece scattare una scintilla, come era accaduto la notte precedente.

"Forse ho trovato qualcosa!" disse voltandosi verso i colleghi. Il commissario arrestò la sua camminata mentre Shaun staccò le mani dalla tastiera. I due osservarono la donna intenta a controllare alcuni fogli e a digitare qualcosa sul proprio computer. Poi si mosse verso il detective e rovistò tra i documenti inviati da *New Scotland Yard*. I suoi occhi scorrevano rapidi da sinistra a destra: stava cercando una parola, un nome. Séline iniziò ad annuire lentamente con il capo, forse aveva trovato l'informazione che stava cercando. Incuriositi da ciò che stava succedendo in quei secondi convulsi, Francis e Shaun si avvicinarono all'investigatrice che però si allontanò da loro tornando sul proprio computer digitando ancora un paio di parole.

"Non può essere un caso. Certo!" Séline si alzò, prese tutti i suoi effetti personali e si voltò verso i due colleghi.

"Dobbiamo andare, vi spiegherò strada facendo. Potrebbe già essere troppo tardi". Sentenziò lasciando di sasso il detective e il commissario.

***

I suoi occhi brillavano di gioia, era come se fosse tornata bambina e catapultata indietro di quarant'anni in un batter d'occhio. Monique era emozionata ma allo stesso tempo non poteva farsi dominare in maniera eccessiva da quelle sensazioni. C'era un lavoro da dover portare a termine. Attendeva questo giorno da diverse settimane e la data era stata evidenziata da tempo, e in rosso, sul calendario che aveva appeso nella propria cucina. Naturalmente il calendario era di Richard Allison, il più bell'uomo in circolazione, e non solo secondo Monique.

"Grazie a tutti voi per averci seguito e per essere stati con noi anche quest'oggi qui su *Radio France Disco* con CineDisco. E un enorme grazie va naturalmente al meraviglioso Richard Allison per essere stato nostro ospite quest'oggi. Paris, Mon Amour! Al cinema!"

"Grazie a te Monique e a tutti i tuoi ascoltatori. Vi aspetto al cinema".

Nessuno tra gli ascoltatori poteva vedere il sorriso dell'attore ma Monique Airnaux sì. Presentatrice storica di una delle radio più seguite da tutti i giovani di Francia, ora si trovava faccia a faccia non solo con uno degli attori più amati e più bravi nel panorama internazionale ma con il proprio amore impossibile, come spesso lo definiva lei stessa.

La donna si tolse le cuffie e andò a salutare nuovamente, questa volta in forma privata, Richard, che con piacere acconsentì alla richiesta di una foto ricordo. Monique immortalò quei momenti non solo sul proprio smartphone ma anche nella propria memoria, catalogando quella giornata come la più bella della sua vita.

L'addetto stampa dell'attore entrò nella sala registrazioni e sussurrò qualcosa all'orecchio della star, ricordandogli i suoi prossimi appuntamenti pubblicitari.

"Il dovere mi chiama. Grazie di tutto a te Monique e a tutto il tuo staff".

La presentatrice non riuscì quasi a rispondere dal momento che Richard l'aveva baciata sulle guance ben due volte prima di congedarsi. Il suo volto divenne immediatamente rosso e l'unica sua reazione fu quella di alzare lentamente la mano per un timidissimo saluto. Richard salutò anche i tecnici della regia e poi uscì dallo studio, lasciando nei presenti un bellissimo ricordo. Monique aveva immaginato innumerevoli volte un loro possibile incontro e ora che era diventato realtà lo reputava più bello di tutte le sue fantasie messe assieme. Improvvisamente si destò da quei pensieri sperando che nessuno l'avesse vista con quello sguardo sognante. Guardò fuori della finestra e vide la limousine di Richard partire tra una folla di ragazzine di cui della pioggia non importava nulla. L'auto finalmente riuscì a imboccare la strada per poi sparire dalla vista di Monique. Per sempre.

***

La destinazione dei tre agenti era una grande azienda che si trovava nella primissima periferia sud di Parigi, dove la città inizia a perdersi nella campagna e la campagna a diventare metropoli.

La *Security International System* era una delle principali società al mondo per sistemi di sicurezza e la sede centrale si trovava proprio a Parigi. Séline, nel vedere una telecamera di sicurezza nella strada adiacente la centrale, aveva notato come l'azienda si fosse occupata dell'installazione delle telecamere, degli allarmi e di qualsiasi precauzione a livello tecnologico all'interno del planetario e anche nella *Tour Jean-sans-Peur*. Ciò che l'aveva insospettita maggiormente era il fatto che la S.I.S. si fosse recentemente occupata anche dell'installazione di nuovi sistema di sicurezza all'interno del *British Museum*, all'incirca un paio di mesi addietro.

L'investigatrice non credeva alle coincidenze, non lo aveva mai fatto, ed era convinta che l'assassino si potesse nascondere all'interno del personale dell'azienda. Shaun aveva convenuto infatti come le telecamere del *British Museum* fossero state disattivate per un lasso di tempo di quasi tre ore, proprio come era avvenuto alla *Cité des Sciences et de l'Industrie*.

Non erano ancora giunti i risultati delle primissime indagini sull'omicidio di Philippe Besaux ma il commissario, il detective e l'investigatrice avevano la sensazione di conoscere già alcune risposte.

Le quattro auto della polizia sfrecciarono ad alta velocità e con sirene spiegate lungo *Avenue de Versailles* lasciandosi la *Tour Eiffel* e il centro di Parigi alle proprie spalle.

Sulla vettura di testa di trovava Francis Du Monde con un paio di agenti, mentre Séline e Shaun sedevano sulla seconda auto, con l'investigatrice alla guida.

Le volanti imboccarono quindi *Route de la Reine* passando per la porta di *Saint-Cloud* e costeggiando per pochi secondi il monumentale stadio *Parc Des Princes* che si ergeva imponente alla loro destra. Stavano abbandonando definitivamente Parigi lasciandosi alle spalle tutti i più celebri monumenti della capitale francese e chissà forse anche tutte le preoccupazioni e le incertezze nate nel corso di quei giorni. Mancavano ancora un paio di chilometri ma da lì a pochi minuti avrebbero raggiunto finalmente la loro destinazione: la *Security International System.*

13

L'edificio si presentava con un enorme facciata composta interamente di vetro e con di fronte a essa una piccola fontana e qualche sprazzo di verde, dando l'idea di essere più un ufficio amministrativo che una vera e propria azienda.

Mentre alcuni agenti presidiavano l'entrata della *Security International System*, Francis, Shaun e Séline stavano per essere condotti dalla direttrice di quella multinazionale, la signora Elizabeth Courtney, nota industriale di origine americana. L'azienda era stata costruita dal marito e quando scomparve un paio di anni addietro, lei ne prese il controllo facendo aumentare ulteriormente i ricavi della società, ora una delle più potenti al mondo.

La signora Courtney salutò i tre agenti lasciando un trattamento particolare per il commissario Du Monde. I due si conoscevano da diverso tempo, mentre per l'investigatrice e il detective era il primo incontro con quella che forse era la donna più ricca di Francia.

"Elizabeth, abbiamo bisogno del tuo aiuto".

Fu Francis a prendere la parola cercando di spiegare, senza entrare troppo nei dettagli, quale fosse la situazione e, soprattutto, facendo la massima attenzione a non rivelare l'esistenza di altre due vittime, quelle di Paul e di Phillipe, non ancora note alla stampa transalpina.

"Dimmi ciò che ti serve e farò in modo che tu l'abbia Francis". Séline, che nel frattempo aveva già notato la spiccata eleganza della signora Courtney, data da una collana di perle e da un sobrio completo grigio, ebbe l'impressione che la donna fosse sinceramente preoccupata.

"Avremmo bisogno della lista dei tuoi dipendenti che hanno lavorato all'installazione del sistema di sicurezza della *Cité des Sciences et de l'Industrie* sperando non sia necessario dover richiedere un mandato". Il commissario lasciò intendere con il tono della voce come quella sarebbe stata un'opzione spiacevole per l'intera azienda e una grave macchia agli occhi degli investitori.

"Ma certo, non ti preoccupare". Elizabeth alzò la cornetta del telefono posto accanto a lei, premette un tasto e chiamò la propria segretaria. Dopo una manciata di secondi apparve sulla porta una donna sulla trentina, con un paio di occhiali da vista alla moda e con indosso una camicia bianca e una gonna attillata nera che le metteva in evidenza le gambe e le sfiorava le ginocchia. Shaun non poté fare a meno di pensare che essere la segretaria della signora Courtney dovesse comportare non pochi benefici, soprattutto dal punto di vista economico.

"Bernadette, consegna al commissario Du Monde e ai suoi colleghi tutto ciò di cui hanno bisogno. Falli accomodare pure nella sala conferenze".

"Certamente Madame Courtney. Prego, seguitemi".

La donna fece un cenno con la mano e uscì dalla stanza. Gli agenti si affrettarono ad alzarsi dalle proprie comode poltrone e a seguirla, dopo aver salutato e ringraziato la padrona di casa.

Shaun e Séline erano già nel corridoio mentre Francis si era attardato per qualche secondo all'interno dell'ufficio di Elizabeth Courtney. L'investigatrice riuscì a vedere con la coda dell'occhio come i due si stessero abbracciando, dopodiché il commissario uscì in tutta fretta e li raggiunse velocizzando il passo.

***

A Sébastien mancava ormai poco al meritato pensionamento. Nel corso della sua vita aveva portato in lungo e in largo tante star ma nessuna, per importanza e fama, poteva essere paragonata a Richard Allison. Contrariamente a molti altri personaggi, l'attore si era mostrato essere una persona per bene, senza cadere mai negli eccessi che quel mondo maledetto è in grado di offrire.

Per l'autista era comunque una novità poter essere al servizio di una giovane celebrità. Mai in vita sua aveva assistito a una scena come quella vissuta poche ore prima davanti alla sede della *Radio France Disco*, con un esercito di ragazzine indemoniate e inzuppate dalla pioggia volenterose di strappare un autografo o una foto.

"Finiti gli appuntamenti per oggi, signore?" chiese l'uomo guardando all'interno dello specchietto retrovisore.

"Sì Sébastien, puoi riportarmi pure in hotel. Questa sera cenerò lì, poi andremo al Louvre". Richard era spossato e non desiderava altro che sdraiarsi sul comodo letto della propria suite. La promozione di un film e le continue interviste erano faticose quasi quanto girare una pellicola, se non di più. Per lo meno, durante le riprese, la stampa e i fan erano lontani ed era possibile avere un minimo di intimità, pur dovendo convivere quotidianamente con un centinaio di persone circa.

L'uomo annuì sorridendo e chiuse il divisorio alle sue spalle. Ormai conosceva a memoria le abitudini del proprio cliente e sapeva che con ogni probabilità in quei minuti di viaggio avrebbe schiacciato un pisolino, in attesa di una squisita cena.

La limousine scorreva lentamente tra le vie della capitale francese. Sébastien aveva smesso di utilizzare i tergicristalli da qualche minuto e il cielo sopra Parigi iniziava a schiarirsi. Le nuvole si stavano diradando all'orizzonte e i primi raggi di sole facevano timidamente capolino dando una tanto desiderata tregua al maltempo che si era reso protagonista nel corso della notte e delle ultime ore.

***

La sala conferenze dell'azienda era più grande di quanto gli agenti potessero mai immaginare. Séline notò come all'interno di quella stanza ci fossero una moltitudine di sedie, forse un centinaio, era impossibile contarle. Al centro si trovava un enorme tavolo mentre, appoggiato alla parete più lontana del corridoio, si trovava un grande pannello grazie al quale era possibile proiettare grafici e informazioni di qualsiasi tipo.

I tre agenti stavano aspettando da un paio di minuti quando Bernadette tornò nella sala con una serie di fascicoli tra le mani.

"Qui potete trovare tutto quello di cui avete bisogno ma per qualsiasi altra cosa sono a vostra disposizione" disse la donna andandosi ad accomodare una decina di sedie distante dagli ufficiali e segnando qualcosa sul proprio tablet.

"Grazie. Molto gentile" rispose cortesemente il commissario che iniziò a sfogliare insieme ai suoi colleghi i documenti appena ricevuti.

Séline cercò immediatamente chi fosse a comando dell'operazione effettuata circa tre anni prima al planetario, quando venne installato un sistema di sicurezza più innovativo e funzionale rispetto al precedente. A capo di quel progetto si trovava un certo Jérémy Lascaux. Per l'investigatrice ormai non c'era più alcun dubbio: il primo sospettato ora era lui.

"Dove possiamo trovare il signor Lascaux?" chiese la donna alla segretaria dell'azienda.

"Chi, mi scusi?" Bernadette parve sentire quel nome per la prima volta.

"Jérémy Lascaux" ribatté Séline leggermente spazientita.

"Oh, il signor Lascaux. Purtroppo è deceduto l'anno scorso a causa di un incidente stradale". All'udire quelle parole il terreno parve mancare sotto i piedi dei tre agenti che si guardarono smarriti per qualche istante.

"Per caso di recente sono stati fatti ulteriori lavori al planetario?" Questa volta fu Shaun a prendere la parola. La segreteria consultò rapidamente il proprio tablet.

"Sì, una manutenzione straordinaria, poco più di un mese fa".

"E chi era a capo?" Séline parve riprendere fiducia grazie a quella risposta.

"Antoine Balboissine" rispose Bernadette dopo aver consultato nuovamente il proprio dispositivo tecnologico.

L'investigatrice e il commissario sfogliarono i documenti che avevano tra le mani, a caccia di quel nome, ma il detective Moore li anticipò.

"Da quanti anni il signor Balboissine collabora con voi? E a quali lavori ha partecipato?"

Queste due risposte avrebbero potuto segnare il destino di quella indagine. I tre agenti restarono in attesa per qualche interminabile secondo mentre la segretaria era intenta a spulciare ancora una volta il proprio tablet.

"Antoine Balboissine è dipendente della *Security International System* da quasi sei anni e ha partecipato a diverse manutenzioni in Francia e in Europa".

"In questo elenco ci sono anche la città di Londra e la *Tour Jean-sans-Peur?*" Il detective stava incalzando la segretaria che parve sentirsi un po' a disagio per quelle domande a raffica.

"Sì, proprio così". Bernadette non riuscì a nascondere la sorpresa, come se i tre agenti fossero già a conoscenza di quella risposta.

"Dove lo possiamo trovare? Dobbiamo parlare con lui. Subito". Il tono della voce di Francis era diventato severo e imponente. La segretaria parve essersi intimidita. Era abituata alla pressione ma quella volta le sensazioni che Bernadette stava provando erano diverse e ancor più accentuate rispetto al solito.

"Beh, veramente il signor Balboissine non è al lavoro. Ha preso dei giorni di ferie. È in permesso da cinque giorni e rientrerà tra una settimana".

Shaun, Séline e Francis si scambiarono delle occhiate d'intesa. Forse la loro caccia era finalmente giunta al termine. I tre agenti si fecero dare il domicilio di Antoine Balboissine e si fiondarono fuori dall'ufficio dando il via a una vera e propria corsa contro il tempo.

***

L'appartamento del loro uomo si trovava in *Rue de Longchamp*.

Per loro fortuna si trovavano già sul lato giusto della città e non sarebbero stati costretti ad attraversare completamente la capitale francese anche se grazie all'ausilio delle sirene il tempo impiegato sarebbe stato in ogni caso ridotto.

Al loro arrivo i tre agenti trovarono ai piedi della palazzina due pattuglie pronte per effettuare irruzione nell'appartamento di Antoine Balboissine. Da quanto avevano appreso da una primissima e più che rapida indagine - Bernadette aveva mandato alla investigatrice le informazioni sull'uomo per via telematica - Antoine si era procurato una posizione di rilievo all'interno dell'azienda in poco tempo diventando così uno dei maggiori esperti di tutta la *Security International System*. Il suo stipendio era elevato e avrebbe potuto procurarsi senza troppi problemi la strumentazione utile per mettere fuori uso tutti i sistemi di sicurezza con un solo gesto. Per il momento mancavano ancora i legami con le vittime ma non c'era stato tempo per effettuare anche quelle ricerche.

Shaun, Séline e il commissario, indossarono il giubbotto antiproiettile e salirono di corsa verso l'ultimo piano dell'edificio percorrendo le scale due gradini alla volta. Francis seguì la squadra d'assalto che aveva già raggiunto la porta dell'appartamento di Antoine.

"Antoine Balboissine! Apra la porta! *Police Nationale"*. dall'interno parve non provenire alcun rumore.

"Sono il commissario Francis Du Monde. Antoine Balboissine, apra la porta!" Francis alzò ulteriormente il tono della voce ma anche in questo caso non ottenne alcuna riposta.

Egli allora si spostò di qualche passo dalla porta d'ingresso e fece cenno agli agenti di procedere: in pochi secondi la porta dell'appartamento venne sfondata, come se fosse stata fatta di polistirolo e la polizia fece rapidamente irruzione nella dimora occupando tutte le stanze in pochi secondi.

***

Richard aveva dormito splendidamente. I letti offerti dalla suite dell'Hotel *Maison Souquet* erano davvero eccezionali. Era ormai ora di cena quando aprì nuovamente gli occhi. Situato nel cuore di Montmartre, la struttura era diventata ormai l'alloggio fisso dell'attore, ogni qualvolta avesse l'occasione di tornare a Parigi. Nei primi anni di celebrità, quando il suo nome non brillava ancora alto nel cielo nell'olimpo del cinema, Richard poteva anche permettersi qualche passeggiata solitaria, senza essere riconosciuto, in quello che riteneva il quartiere più artistico di tutta Parigi anche se la capitale francese era in grado di offrire, da questo punto di vista, di tutto e di più.

Ora queste "scampagnate" non erano certo più possibili. Per soddisfare la sua passione personale per l'arte e la cultura era costretto a visitare i musei durante il periodo di chiusura grazie a permessi speciali e questo, in tutta onestà, non gli dispiaceva affatto.

Era sveglio da qualche minuto quando qualcuno bussò alla porta. Richard si avvicinò e vide un cameriere con un carrellino: la cena era arrivata. Fece entrare l'uomo e lo congedò con una lauta mancia. L'attore prese il vassoio e lo portò sul tavolo presente nel grande salone del proprio alloggio.

Sorseggiando un bicchiere di vino, Richard Allison pensò ai suoi primi anni vissuti a Parigi e alle esperienze belle e brutte che aveva vissuto in quella città. Gli parve di essere catapultato indietro negli anni: Parigi era sempre la stessa, mentre lui era decisamente diverso, un bambino senza pensieri e preoccupazioni ora era diventato un uomo, un uomo di successo conosciuto in tutto il mondo. Nonostante questo, era ancora in grado di emozionarsi e meravigliarsi per quanto di bello fosse in grado di offrire quella città, qualcosa che difficilmente avrebbe potuto trovare in egual modo in altre parti del mondo.

Aveva terminato la cena a base di pesce già da diversi minuti quando il suo telefono squillò e lo destò da quei ricordi. Si alzò dalla propria sedia e si diresse verso la camera da letto dove aveva lasciato il proprio telefono; lo prese, sbloccò la schermata e rispose con un “sì” pieno di soddisfazione e felicità. Sébastien lo aveva avvisato che l’auto - non una limousine questa volta - era pronta. Da lì a poco avrebbe varcato le soglie di uno dei musei più visitati al mondo.

14

Dentro l'appartamento non c'era alcun signor Antoine Balboissine. Di lui non vi era traccia. Gli agenti avevano fatto irruzione con estrema rapidità e avevano setacciato in pochissimi secondi tutte le stanze. Dell'uomo però nessun segno di vita e nessuna presenza.

Séline si preoccupò immediatamente che quella persona potesse essere di nuovo fuori per le vie di Parigi per compiere il quarto omicidio mentre lei se ne stava impotente dentro un appartamento vuoto. Il commissario e il detective Moore stavano già perlustrando i cassetti e gli armadi di Antoine con la speranza di trovare indizi e prove che lo incastrassero come il colpevole a cui stavano dando la caccia da diversi giorni. L'investigatrice ripose la pistola nella fondina e diede anche lei un contributo.

L'appartamento le sembrò ordinato e curato, nulla pareva essere messo fuori posto. Un grande divano ad angolo bianco occupava il salone principale mentre di fronte a esso si trovava un grande televisore al plasma. L'arredamento era molto minimalista e dal design moderno. Séline si diresse in cucina mentre dalle altre stanze provenivano rumori di cassetti aperti e di antine che sbattevano. La donna vide come anche la cucina fosse, per lo meno all'apparenza, semplice e funzionale anche se di modeste dimensioni. Si guardò un po' in giro cercando una qualche stranezza in quello che considerava essere un ordine quasi maniacale.

Il suo sguardo poi si posò sul calendario appeso in quella stanza e il suo cuore sprofondò nello sconforto.

Shaun e Francis sentirono la collega imprecare e immediatamente interruppero ogni azione e corsero in cucina. Séline quando lì sentì arrivare si voltò verso di loro scuotendo il capo.

"Siamo in ritardo" disse indicando il calendario; alcune date era contrassegnate da diverse scritte, alcune di routine e di ordinaria amministrazione, in riferimento a bollette da dover pagare, ma altre avevano catturato l'attenzione della donna. In quel giorno, e per i successivi due, campeggiava una parola scritta in rosso: Londra. In quella serie solo una data non riportava alcuna scritta e l'investigatrice pensò immediatamente all'omicidio di Philippe, a Parigi.

Séline si voltò verso Shaun che parve sentirsi smarrito, ma solo per pochi istanti.

"In quale altre località londinesi ha lavorato Balboissine?" chiese il detective all'investigatrice che aveva ancora salvati sul proprio cellulare i dati inviati dalla segretaria della *Security International System*. La donna fece scorrere con il pollice le varie schermate fino a quando non raggiunse l'informazione che stava cercando.

"La Torre di Londra!" esclamò Séline.

"È uno degli edifici più sorvegliati di tutto il paese!"

Il detective non poteva credere che si potesse compiere un omicidio all'interno di quella struttura. "Devo tornare immediatamente a Londra e fare tutte le verifiche del caso".

Shaun era fermamente convinto di questa idea e in effetti pareva essere l'unica opzione concretamente plausibile.

Il commissario Du Monde parve riflettere qualche secondo poi annuì, ritenendo la proposta del detective Moore una buona idea.

"Ci terremo aggiornati costantemente in videoconferenza. Potrebbero servire poche ore o tutta la nottata". Disse Shaun che nel frattempo stava già avvisando *New Scotland Yard* del suo ritorno. Séline annuì nell'udire quelle parole e vide il detective scomparire velocemente dalla porta dell'appartamento di Antoine Balboissine.

"Eseguiamo un'indagine a tappeto su quest'uomo. Conti bancari, carte di credito. Tutto". Ordinò il commissario a un paio di agenti che stavano continuando a perlustrare l'appartamento. Questi, non appena udirono le sue parole si fermarono e immediatamente comunicarono l'ordine alla centrale.

Francis uscì dall'appartamento mentre l'investigatrice si fermò ancora per qualche istante a fissare il calendario, come se stesse cercando di cogliere qualcosa che però non era così evidente e lampante come avrebbe sperato e voluto nel profondo del suo cuore.

***

Era una sera tiepida a Londra, uno di quei giorni il cui caldo è piacevole e nei quali anche la sera è possibile scoprirsi un pochino, in attesa dell'arrivo dell'estate. Il cielo era sereno e la luna iniziava a splendere luminosa, riuscendo a farsi largo tra le tante luci della capitale inglese. Nei pressi di *Covent Garden*, Antoine sorseggiava un buon calice di vino bianco come spesso gli capitava di fare anche a Parigi. L'uomo se ne stava seduto in uno dei tavoli di Clos Maggiore, un elegantissimo ristorante francese, sotto un incantevole tetto di fiori, cercando di rilassarsi dopo alcune giornate decisamente stressanti.

Gli ultimi giorni erano stati veramente faticosi con continui trasferimenti tra la capitale francese e quella inglese. In realtà Antoine sarebbe dovuto essere in vacanza, ma tra una vicenda e l'altra gli pareva di essere ancora al lavoro, se non peggio. Una giovane cameriera si avvicinò all'uomo porgendogli il conto della cena, come richiesto. Egli ringraziò e pagò, prese la propria giacca e si diresse verso l'uscita.

Antoine si soffermò per qualche istante all'esterno del ristorante dove si accese una sigaretta fumando intensamente. I capelli grigi oscillarono dolcemente a causa di una lieve brezza nonostante fossero stati ricoperti di gel. Il volto era leggermente scavato a causa delle molte primavere trascorse, ormai aveva superato la sessantina da qualche anno e sentiva il bisogno di una lunga e meritata vacanza, lontano dalla tecnologia e dalle metropoli moderne.

Nonostante tutto, pensò come quelli fossero stati dei bei giorni anche se stavano per volgere al termine. L'uomo iniziò a passeggiare lungo *King Street* ritornando verso il proprio hotel. La mattina seguente un aereo lo avrebbe aspettato per tornare a casa.

Antoine osservò la grande quantità di persone che camminava nel senso opposto al suo, per raggiungere *Covent Garden*, punto di ritrovo per giovani inglesi e turisti. L'uomo continuò a fumare la propria sigaretta gustandosela fino in fondo e socchiudendo leggermente gli occhi a ogni fuoriuscita di fumo dalle narici e dalla bocca, come se fosse colto da una sorta di piacere intimo e profondo.

Antoine giunse infine di fronte all'ingresso del *St. Martins Lane Hotel*, il suo alloggio per quei giorni londinesi, e notò immediatamente come nella hall ci fossero diversi agenti della polizia.

Al primo impatto non gli fu possibile quantificarli con esattezza ma secondo un rapido e sommario calcolo erano poco meno di una dozzina, o così gli era parso. Curioso del perché fossero proprio lì, nel suo hotel, entrò nella struttura e non appena il suo piede destro varcò l'ingresso della struttura, il *concierge* lo indicò. In un lasso di tempo praticamente inesistente un paio di ufficiali si diressero spediti con passo deciso verso di lui, preceduti da un giovane uomo in borghese.

***

L'uomo quel giorno si era soffermato per poco tempo. Le informazioni da condividere erano importanti ma andavano comunicate con una certa rapidità. Questa volta non aveva indugiato per osservare come sempre la bellezza dell'edificio. Appena entrato nella sontuosa villa si era diretto verso la sua destinazione, al primo piano; aveva scambiato un paio di parole con una donna già avanti negli anni chiedendo se potesse entrare nella stanza. La donna gli disse qualcosa e poi gli diede il permesso; era una prassi necessaria. Non si dimenticava mai come fosse comunque un privilegio essere lì ma nel contempo era anche consapevole che non poteva rifiutare, soprattutto in questi giorni frenetici, importanti e così decisivi.

La pioggia aveva smesso di cadere già da un po' e la sera iniziava ad incombere. Il sole diede a tutta la stanza il colore del tramonto, quel misto tra l'arancione e il rosso nel quale spuntavano alcuni sprazzi di viola, creando nell'uomo una certa sensazione di meraviglia. La persona di fronte a lui parve invece non curarsi di tutto questo e dandogli le spalle osservava pensosa al di fuori della finestra. I due si scambiarono due rapide parole dopo le quali l'uomo uscì dalla stanza, che in realtà, più di una semplice stanza, era praticamente un appartamento con diverse camere al suo interno.

L'uomo scese velocemente le scale e si fiondò all'esterno dall'edificio. Non aveva molto tempo quella notte. Doveva agire in fretta.

***

Eugène Croslette si sistemò la cravatta con estrema cura. Nonostante conoscesse il *Louvre* come le proprie tasche, ormai ne era il direttore e il curatore da quasi cinque anni, quella sera era comunque emozionato. Era un amante di tutte le arti e si riteneva un grande appassionato di cinema, nonché seguace di Richard Allison; poterlo accompagnare per le sale del museo era un onore e volle partecipare egli stesso nel ruolo di guida.

Il *Louvre* aveva già chiuso da un paio d'ore e i lampioni di Parigi erano accessi da un po'. La piramide di vetro posta nel cortile del museo era illuminata dai riflettori. Eugène si diresse verso il *Passage Richelieu*, dove sarebbe arrivato il suo ospite da lì a poco.

Camminando all'aperto l'uomo respirò l'aria fresca di quella giornata e notò come quella sarebbe stata una bella serata con il cielo terso e stellato sopra Parigi. Dopo pochi passi Eugène vide spuntare i fari di un'auto nera che lentamente si arrestò. La porta posteriore si aprì e Richard scese con un secondo uomo. Il direttore del museo fece un grande sorriso allargando le braccia e andò incontro all'attore che per l'occasione aveva scelto di indossare un completo nero elegante e una camicia color porpora.

"Grazie per avermi concesso questa possibilità, direttore Croslette - disse Richard - lui è una mia guardia del corpo. Spero non le dispiaccia se lo porto con me".

"Nessun problema! E non si preoccupi signor Allison, il piacere è tutto mio" rispose con estrema cortesia Eugène che fece strada ai suoi due ospiti.

Il direttore si era soffermato per qualche secondo sulla guardia del corpo dell'attore, un uomo palestrato di origini ispaniche e alto quasi due metri che portava un completo nero, così come la sua camicia, sbottonata in prossimità del colletto.

Anche se non lo confessò a nessuno dei presenti, quella sera Eugène si sentiva anche lui più al sicuro.

***

Era da poco passata la mezzanotte quando il computer di Séline annunciò l'arrivo di una videochiamata. Era ancora in centrale, sapeva che quella notte l'avrebbe trascorsa lì, lontana dal proprio letto di casa. L'investigatrice stava attendendo quella chiamata da diverse ore; corse velocemente verso il proprio PC e osservò lo schermo accettando l'invito.

"Ciao Séline. Antoine Balboissine è la pista sbagliata. Mi dispiace". Esordì il detective Moore, il cui volto si vedeva nitido in una stanza sufficientemente illuminata.

"Come sarebbe a dire? Cosa hai scoperto?" Il volto di Séline mostrava grande preoccupazione e allo stesso tempo anche un evidente sconforto.

"Antoine è a Londra per sbrigare delle faccende personali con la sua ex moglie, che risiede qui. I continui viaggi di questi giorni sono dovuti ad alcune visite fatte a un paio di avvocati divorzisti - spiegò il detective - . Attualmente risiede in un hotel nei pressi di *Covent Garden*. È stato interrogato direttamente nell'hotel e non si è ottenuto nulla. Non è lui il nostro uomo".

Nella stanza di vetro della centrale di polizia francese calò il silenzio che parve essere eterno anche se in realtà durò solo una manciata di secondi.

"Tra qualche ora sarò nuovamente a Parigi. Arriverò nella notte con il primo aereo disponibile". Concluse il detective.

I due posero fine alla conversazione e Séline, affranta, spense il PC e sbuffò ad alta voce.

Improvvisamente sentì tutta la stanchezza del lavoro di quei giorni entrarle in corpo e scorrerle in ogni singola vena, un sonno improvviso la colse di sorpresa. Il suo cervello e la sua mente parvero prosciugarsi in pochissimo tempo e tutte le idee evaporarono in un solo istante. La donna cercò di lottare contro quella che pareva essere una forza superiore ed estranea al suo corpo, ma dovette arrendersi in breve tempo; si mise con il capo chino sul tavolo abbandonandosi a un sonno ristoratore e necessario.

Nel fare questo però non si rese conto come il commissario Du Monde fosse sparito da qualche minuto e non fosse più al suo fianco all'interno della stanza di vetro della centrale.

***

Richard osservava con stupore le meraviglie del *Louvre*, che si susseguivano in rapida successione alla sua destra e alla sua sinistra; passeggiava lentamente lungo l'ala Denon ammirando i capolavori di Delacroix e di Géricault. I tre uomini si arrestarono poi di fronte al grande quadro di Jacques-Louis David, "L'incoronazione di Napoleone" dalle mastodontiche dimensioni.

"Questo quadro è stato dipinto da Jacques-Louis David tra il 1805 e il 1807 - spiegò Eugène. - Il quadro celebra un evento che è avvenuto il 2 dicembre 1804, quando Napoleone Bonaparte e Giuseppina vennero incoronati nella cattedrale di Notre-Dame. Nell'opera è possibile ritrovare grandi personalità del tempo quali Luigi Bonaparte, Giuseppe Bonaparte e lo stesso David in un autoritratto". Disse indicando la parte superiore e centrale dell'opera.

L'attore ascoltava con estrema attenzione mentre la guardia del corpo, Ferdinando, si teneva distante da lui diversi passi, abbastanza disinteressato rispetto a ciò che stava accadendo a pochi metri da lui. All'uomo, che nel frattempo stava controllando svogliatamente il proprio telefono cellulare, parve di sentire dei rumori alle sue spalle, come dei passi; si voltò ma non vide nulla nella penombra delle sale del museo e decise di non dare alcun peso a quelle che erano solamente delle impressioni.

Il tour riprese, la visita stava procedendo con calma e senza fretta anche perché il giorno seguente, un martedì, il museo sarebbe rimasto chiuso ai visitatori.

Eugène uscì dalla stanza 75 e giunse nel grande atrio con scalinata dove era conservata la Nike di Samotracia, una delle statue più famose di tutto il mondo. Il direttore iniziò a scendere le scale quando un tonfo sordo attirò la sua attenzione. Egli si voltò immediatamente e vide Richard correre verso la sua guardia del corpo, tramortita e svenuta a terra, proprio di fronte all'imponente quadro di David.

L'attore cercò di svegliare l'uomo parlandogli in spagnolo e dandogli qualche piccolo schiaffo sulla guancia sinistra ma da parte di Ferdinando non giunse alcuna risposta. Richard accostò l'orecchio alla bocca di quello che pareva essere un vero e proprio gigante steso a terra. Respirava. Era vivo.

"Cosa è successo?" chiese Eugène che ansimando aveva raggiunto il luogo dell'accaduto il più velocemente possibile.

"Non lo so, ho sentito un rumore, mi sono voltato e Ferdinando era qui steso a terra". L'attore parve essere spaesato. Questa volta non si trovava sulla scena di un film ma era nella dura e cruda realtà. I due uomini si chinarono sulla guardia del corpo per cercare di capire cosa fosse accaduto.

Dopo pochi secondi Eugène alzò la testa per guardarsi attorno e per chiamare aiuto ma non fece in tempo a fare nulla di tutto questo. Un uomo gli corse incontro a tutta velocità colpendolo sulla fronte e facendolo cadere accanto al corpo di Ferdinando. Richard ebbe solo il tempo di voltarsi che tutto divenne subito nero come la notte più buia.

L'ultima cosa che l'attore riuscì a vedere fu il volto del suo assalitore. Era un viso familiare.

15

Richard sentì dei rumori accanto a sé, come se qualcuno stesse spostando degli oggetti pesanti, trascinandoli lungo il pavimento. L'attore si destò lentamente, riprendendo conoscenza con intervalli di qualche secondo, caratterizzati da un breve scatto con il capo. Quando fu completamente rinsavito tentò di sbattere le palpebre ma non ci riuscì, una benda gli copriva gli occhi.

In pochissimi istanti Richard si rese conto di avere le caviglie e i polsi legati e stretto attorno alla bocca aveva un bavaglio, per evitare che potesse urlare.

L'attore rammentò quanto successo pochi istanti prima e si dimenò per liberarsi e andare in cerca di aiuto. Il suo pensiero volò quindi verso Ferdinando ed Eugène, chiedendosi se fossero accanto a lui, anche loro legati, o se si trovassero altrove, e soprattutto, se fossero ancora in vita, ma non voleva dare troppo adito a simili pensieri.

Nella sua mente comparve improvvisamente quel volto che, stranamente, aveva rimosso. In Richard era vivido il ricordo di quella scena, impressa come una fotografia istantanea. Quell'uomo lo aveva aggredito e aveva colpito anche Eugène e, con ogni probabilità, pur non avendone le prove, aveva fatto stramazzare Fernando anche se non aveva idea di come questo fosse stato possibile data l'enorme stazza della sua guardia del corpo.

I rumori attorno catturarono nuovamente l'attenzione dell'attore; questa volta gli sembrò di sentire pezzi di carta o di cartone accartocciarsi su se stessi.

Richard si rese conto che le sue forze stavano venendo meno, si sentiva stanco come se gli fossero state sottratte tutte le energie.

Improvvisamente sentì dei passi avvicinarsi dalla propria destra e il suo cuore iniziò a battere più velocemente. Da lì a poco tutto sarebbe stato più chiaro.

***

Séline si svegliò di soprassalto come se fosse stata riportata in vita da un incubo profondo. L'investigatrice si guardò attorno, la stanza di vetro era deserta e le luci erano ancora accese. Istintivamente la donna si sistemò i capelli con la preoccupazione che qualcuno potesse averla vista mentre si era addormentata sulla scrivania. Guardò l'orologio e si rese conto come di fatto si fosse appisolata solo per una decina di minuti scarsi anche se a lei parvero ore e ore di sonno.

Séline osservò fuori dalla finestra e vide come l'oscurità fosse totalmente scesa su Parigi. Il cielo era sereno anche se le luci della città non permettevano di vedere le stelle. La donna ricordò la videochiamata effettuata con Shaun e rammentò le pessime notizie ricevute per quanto riguardasse Antoine Balboissine. Era stato un enorme e gigantesco buco nell'acqua. Iniziò a passeggiare per la stanza cercando di riattivare la propria mente per trovare nuove idee e nuove soluzioni, toccando, come un tic automatico, i suoi bracciali "portafortuna".

Passarono solo un paio di minuti prima che si rese finalmente conto dell'assenza del commissario. Séline guardò la sala con maggiore attenzione per dare un'ulteriore conferma a se stessa. Era sola, di Francis Du Monde non vi era traccia. Provò a scavare tra i suoi recenti ricordi per capire quando e dove avesse visto per l'ultima volta l'uomo. Ricordò come avessero accompagnato Shaun alla stazione e come fossero tornati in centrale subito dopo. Erano stati entrambi nella stanza di vetro e avevano discusso un po' del caso, valutando se Balboissine fosse davvero il loro uomo.

All'investigatrice tornò in mente quel dubbio che aveva cercato di nascondere dentro di sé nelle ultime ore e negli ultimi giorni. Le sembrò infatti che il commissario fosse sicuro che la pista della *Security International System* non avrebbe portato a nulla, come se sapesse già il risultato di quella indagine, che forse aveva solo finto di appoggiare.

Séline ricordò inoltre come i suoi sospetti fossero già iniziati al planetario, quando aveva scoperto la foto di Eloise nel finto specchio - come lo aveva definito lei. Il commissario da quel momento si era mostrato sempre più taciturno e riservato e pareva muoversi con molta attenzione, dosando le parole e i gesti da usare in pubblico e in privato. Le tornò anche in mente la deposizione di Denise, la sorella della prima vittima, e come fosse spuntato fuori il nome di Gustave Du Monde, il fratello del commissario. Il comportamento di Francis si era fatto ancor più sospettoso. Séline ora aveva bisogno di parlare con lui. Subito.

Fece per uscire dalla stanza di vetro quando notò vicino al proprio computer un biglietto, era sicura che prima che si addormentasse non ci fosse. Con tutta fretta lo aprì nervosamente e non appena lesse ciò che vi era scritto il suo cuore gelò ma allo stesso tempo i suoi dubbi volarono via. Ormai ne era sicura. Francis du Monde era coinvolto negli omicidi sui quali stavano indagando e forse era addirittura l'assassino stesso. Séline si rifiutò però di credere a quest'ultimo pensiero.

Perdonami se sono sparito, ho dovuto farlo. Scusami.
Francis

***

Per il commissario si prospettava l'ennesima notte insonne e di duro lavoro. Quella sera però era più triste del solito e i suoi pensieri erano rivolti a Séline e al bigliettino che le aveva lasciato. Con grande dolore e rammarico aveva leggermente alterato il suo caffè, giusto il tempo che si addormentasse qualche minuto e per avere la possibilità di lasciarle il biglietto e sparire. Era stata una scelta estremamente dolorosa, molto più di quanto si aspettasse. Era affezionato all'investigatrice ed era una preziosa risorsa per tutta la *Police Nationale*. Non avrebbe mai voluto fare questo ma aveva una missione da compiere e doveva portarla a termine da solo, non aveva altra scelta.

Francis era sicuro però che Séline avrebbe capito, prima o poi. In cuor suo sperava che l'acume e l'intelligenza della donna la portassero alla soluzione il prima possibile, anche se era ben consapevole delle poche possibilità affinché questo si avverasse. In questi giorni concitati, nella mente del commissario era passata più volte la tentazione di chiedere un aiuto all'investigatrice cercando di spiegarle la situazione nei minimi dettagli e forse riuscendo anche nel tentativo di convincerla, ma aveva bisogno che lei fosse altrove.

Francis allontanò questi pensieri dal momento che aveva altro su cui doversi concentrare. La sua auto stava percorrendo *Quai des Tuileries* mentre i lampioni riflettevano le proprie luci sulla carrozzeria scura. La vettura poi svoltò a sinistra entrando in *Place du Carrousel*; alla sua destra il commissario vide ergersi la piramide di vetro del *Louvre* mentre pochissime persone passeggiavano nella grande piazza del museo. La trepidazione per un istante si impossessò del commissario dal momento che dopo pochi minuti avrebbe finalmente raggiunto la propria meta.

***

"La tua guardia del corpo ha rischiato di far saltare tutto il mio piano. - Disse quell'uomo mentre l'agitazione di Richard stava aumentando con il passare dei minuti. - Non avevo previsto la sua presenza ma per fortuna ce la siamo cavata, vero Ricard?"

L'attore rimase interdetto dall'udire il proprio nome pronunciato in francese. Erano anni che non si sentiva chiamare in quel modo e in effetti erano pochissime le persone che sapevano del suo passato e quell'uomo era uno di quelle, d'altronde lo aveva riconosciuto anche se le domande che gli passavano per la mente erano ancora tante. Troppe.

Richard sentì come l'uomo stesse passeggiando davanti a lui, distante al massimo tre metri, non di più. L'eco dei suoi passi riecheggiava a lungo in quello che doveva essere un vasto salone e il pavimento era terribilmente freddo, a tratti gelido.

L'attore sentì nuovamente il rumore di carta che aveva riconosciuto qualche minuto prima; essere bendato lo stava facendo infuriare, voleva sapere a tutti costi cosa stesse accadendo e soprattutto se vicino a lui ci fossero Fernando ed Eugène. Cercò di dimenarsi con tutte le forze che aveva in corpo ma come risultato ebbe solo una stanchezza e una spossatezza di gran lunga maggiori a quelle avvertite in precedenza.

L'uomo sorrise nel vedere quella scena mentre si districava velocemente tra gli elementi del proprio spettacolo privato. Aveva fatto fatica a scovare la paura di Richard che aveva richiesto una ricerca più lunga e impegnativa rispetto a quella delle precedenti vittime. Dopo averla trovata, si era anche dovuto procurare gli elementi necessari, ben più complessi da recuperare rispetto a specchi, siringhe e pagliacci, nonostante l'apparente semplicità.

L'uomo era sicuro di sé, convinto del fatto che lui fino a quel momento non avesse ucciso nessuno. Era stata la paura ad aver scelto le proprie vittime. Lui non aveva materialmente mai sparato un colpo di pistola a quelle persone, non le aveva soffocate e non le aveva pugnalate. Aveva solo fatto il proprio dovere, ricordare alle vittime, nei loro ultimi istanti di vita, perché stavano morendo. Era una sorta di ultimo favore che faceva loro.

A breve la guardia del corpo e il direttore del *Louvre* si sarebbero svegliati legati l'uno a fianco dell'altro, di fronte al quadro di David e le telecamere di sicurezza sarebbero ritornate in azione. L'uomo doveva fare in fretta, non aveva molto tempo a disposizione.

Richard per qualche istante non sentì più nulla, come se quell'uomo se ne fosse andato, lasciandolo lì, solo, e legato in terra. Poi delle piccole note musicali iniziarono a giungere alle sue orecchie. Era musica classica, decisamente non il suo genere. Non aveva idea di cosa stesse accadendo, il tutto gli sembrava surreale, troppo strano perché potesse effettivamente essere vero. Il volume della musica iniziò a salire coprendo così il rumore dei passi dell'uomo che nel frattempo si era accovacciato accanto a lui. L'attore si accorse della sua presenza dal respiro e quando se ne rese conto sobbalzò per lo spavento e rimase immobile, in attesa della prossima mossa.

L'uomo tolse di scatto la benda dagli occhi di Richard e gli sussurrò qualcosa nell'orecchio, un nome per la precisione. Lo stesso nome che lo aveva accomunato alle precedente vittime. Questo fece scattare in lui qualcosa di recondito e perso nella memoria, come se fosse la password per sbloccare un qualcosa che aveva dimenticato. Tutto improvvisamente divenne chiaro, limpido e cristallino.

L'attore provò a voltarsi verso quell'uomo ma si rese conto di essere paralizzato, il suo sguardo e il suo corpo erano pietrificati dalla paura. Il suo cervello pareva essere l'unica cosa che funzionasse ancora all'interno del suo organismo, salvo il suo cuore che iniziò a battere sempre più velocemente. In un batter d'occhio Richard si dimenò osservandosi le gambe e il busto, scalciando nel vuoto e cercando di roteare a destra e a sinistra, come se volesse togliersi di dosso qualcosa.

L'uomo, immobile e compiaciuto in piedi di fronte all'attore, vide con piacere che i movimenti della sua vittima si facevano sempre più rapidi e convulsi mentre i suoi occhi erano perennemente sbarrati e colmi di terrore. La musica era nel suo crescendo quando Richard iniziò a urlare anche se la sua voce venne soffocata dal bavaglio stretto alla bocca. L'attore si dimenò con ancor più forza fino a quando non si arrestò, per sempre.

L'uomo prese dalla propria tasca una fotografia e la mise in un sacchetto di carta posto di fronte a Richard. Successivamente spense la musica e slegò l'uomo, ormai libero dalle preoccupazioni, dalle paure e dagli affanni della vita. Passeggiando in controluce sparì dalla scena del crimine e si dileguò nell'oscurità.

***

Sébastien attendeva all'interno dell'auto già da un po'. Aveva parcheggiato la vettura da circa un paio d'ore. Richard e la sua guardia del corpo sarebbero tornati tra sessanta minuti secondo i piani che gli erano stati comunicati quella sera. Nell'attesa decise di sgranchirsi un po' le gambe, aprì la portiera e respirò l'aria fresca e pungente della notte parigina. L'uomo restò appoggiato all'auto scura e osservò gli sparuti passanti passeggiare avanti e indietro per *Rue Rivoli* nel cuore della notte, chiedendosi perché fossero fuori a quell'ora e dove stessero andando.

Sébastien rovistò nel proprio taschino ed estrasse il pacchetto di sigarette e lo guardò dubbioso. Gli tornarono alla mente le parole della moglie che gli ricordava costantemente come dovesse smettere con questo vizio, per tutelare la propria salute. L'autista sospirò e rimise il pacchetto all'interno del taschino della propria giacca. Guardò l'orologio e vide che aveva ancora qualche minuto a disposizione così decise di passeggiare nel cortile del *Louvre* tenendo le mani in tasca e osservando il palazzo che sorgeva imponente a due passi dalla Senna. Sébastien pensò ai molti luoghi che aveva visto nel corso degli anni grazie al suo lavoro ma Parigi continuava a occupare un posto speciale nel suo cuore. L'uomo cercò di stemperare la tensione e fece una breve passeggiata nel grande piazzale del museo; ammirando l'imponenza dell'antica residenza reale, si fermò vicino a uno degli specchi d'acqua che riempivano la piazza e gli parve di vedere un uomo vestito di nero uscire di corsa del museo, salire su un'auto che si era fermata pochi minuti prima lungo *Place du Carrousel* e andarsene via a tutta velocità. Sébastien cercò di guardare con maggiore attenzione focalizzando il proprio sguardo in quel preciso punto ma non vide più nessuno.

'Devi andare in pensione Sébastien, sei troppo vecchio ormai' si disse, non sapendo però che la sua vista quella volta non lo aveva ingannato ma ormai quell'uomo era già lontano dal *Louvre*.

16

Eugène si era risvegliato con un fortissimo mal di testa, proprio nel punto esatto dove il suo aggressore lo aveva colpito facendolo tramortire al suolo. L'uomo impiegò qualche secondo per riprendere definitivamente conoscenza, dopodiché iniziò a invocare aiuto ad alta voce, sperando che qualcuno potesse sentirlo e giungere così in suo soccorso. Le sue grida svegliarono Ferdinando, legato insieme al direttore del museo tramite una semplice corda.

"Ehi ehi! Ti chiami Ferdinando vero? Liberaci da qui!" La voce di Eugène si era fatta ansiosa e agitata, non era certo abituato a dover vivere situazioni simili: un direttore del museo aggredito e legato, chissà per quale motivo.

La guardia del corpo inizialmente non disse nulla lasciando cadere nel vuoto le parole di Eugène; solo dopo qualche secondo iniziò a muovere le proprie mani. Con sua grande sorpresa riuscì a liberarsi in pochissimo tempo dal momento che le corde non era state strette in maniera eccessiva ma fatte passare solo attorno ai polsi senza alcuna preoccupazione di quanto a lungo potessero reggere. Ferdinando si alzò e slegò i polsi di Eugène che lo guardò visibilmente preoccupato non sapendo cosa dovesse fare.

"Richard? Dov'è?" disse la guardia del corpo che non aveva perso il proprio accento spagnolo. Il direttore spalancò le braccia, non ne aveva la minima idea.

Non lontano da loro, i due sentirono dei passi avvicinarsi con una grande fretta, qualcuno stava correndo verso la loro posizione. Istintivamente Ferdinando si mise di fronte all'uomo più anziano di lui come per proteggerlo ma non fu necessario.

Un paio di uomini della guardia notturna del museo giunsero di corsa assicurandosi che i due stessero bene.

"Sto bene, sto bene. Stiamo bene". Disse Eugène che sentì il cuore leggero come non mai. Ora si sentiva al sicuro "Cosa è successo? Dov'è Richard?"

Le due guardie si guardarono e i loro volti diventarono cupi. "Venite con noi, vi portiamo al sicuro. La polizia sta già arrivando".

***

Sébastien stava ormai aspettando da troppo tempo. Le tre ore di attesa erano già trascorse e non vi era nessuna traccia né di Richard né della sua guardia del corpo. Nemmeno il direttore del Louvre si era visto da quelle parti. Inizialmente l'autista pensò che la visita si fosse prolungata più del previsto; sapeva bene quanto il suo cliente desiderasse visitare il museo ma non era stato avvertito di alcun ritardo o cambiamento e questo lo stava iniziando a preoccupare. L'uomo prese il proprio cellulare e decise di chiamare Richard, nonostante fosse sempre restio nel farlo. Nessuno squillo, solo la segreteria telefonica.

Sébastien iniziò a passeggiare nervosamente avanti e indietro accanto alla sua auto. Non sapeva cosa fare e come comportarsi. Prese dal proprio taschino una sigaretta e iniziò a fumare mandando a quel paese la propria salute, dato che l'agitazione si era ormai impossessata di lui.

Passarono circa un paio di minuti quando udì avvicinarsi in lontananza delle sirene: l'uomo corse verso *Rue de Rivoli* e vide tre auto della polizia giungere verso di lui ad alta velocità. Queste non si curarono della sua presenza e andarono oltre facendo prendere un sospiro di sollievo a Sébastien ma solo per pochi istanti. Le volanti infatti svoltarono a sinistra dopo una manciata di metri per arrestarsi di fronte alla piramide di vetro. L'autista con il cuore in gola vide scendere una giovane donna e qualche agente della polizia; tutti entrarono di corsa all'interno del museo.

***

Séline rimase immobile per qualche interminabile secondo nell'osservare quel bigliettino di carta che aveva trovato accanto al suo computer. Non ne capiva a pieno il senso e più gli istanti passavano più nuove domande si presentavano nella sua mente. Il commissario doveva aver lasciato il messaggio in quella decina di minuti in cui si era addormentata, anche se non ricordava di aver mai avuto sonno quella sera. Francis non doveva essere andato troppo lontano quindi decise di agire al più presto: uscì di corsa dalla stanza di vetro e mise il biglietto all'interno della tasca della giacca.

"Avete visto il commissario Du Monde?" L'investigatrice iniziò a chiedere a tutti gli agenti che incontrava lungo il proprio cammino ma sembrava che nessuno sapesse dove fosse finito. Prese in mano il proprio smartphone e fece scorrere rapidamente i propri contatti fino a quello del detective Moore. Esitò per qualche istante, poi decise di non effettuare alcuna chiamata: per il momento i suoi dubbi sarebbero rimasti con lei e non li avrebbe condivisi con nessun altro per evitare di scatenare reazioni incontrollabili.

Séline si diresse quindi verso l'ufficio del commissario. La porta era chiusa, la donna bussò ma dall'interno non giunse alcuna risposta. Riprovò una seconda volta con più forza ma anche in questo caso non ottenne nulla. Un giovane cadetto le passò accanto e lei gli sorrise gentilmente cercando di non dare troppo nell'occhio e di non far trasparire la propria agitazione. Séline si guardò attorno assicurandosi di non essere vista da nessuno, provò ad aprire la porta. Era aperta. Velocemente guardò a destra e a sinistra e dopo aver avuto via libera si gettò all'interno dell'ufficio richiudendo la porta il più silenziosamente possibile.

La donna vide come l'ufficio di Francis non fosse cambiato molto dall'ultima volta. Una montagna di fogli sovrastavano la scrivania mentre nell'angolo più lontano dall'ingresso c'era sempre la solita pianta verde che a Séline parve essere esattamente la stessa da mesi e mesi, senza che si fosse alzata di un solo centimetro. Senza perdere troppo tempo corse verso la scrivania e iniziò a frugare nei cassetti nella speranza di trovare qualche prova o qualche documento che potesse schiarirle le idee. In bella vista di fronte alla poltrona trovò le schede personali di tutte le vittime su cui stavano indagando, Eloise Charcanelle, Paul Bricely e Philippe Besaux. Per ognuna era segnato accanto un numero di telefono e alcune annotazioni scritte a penna che però le risultarono illeggibili.

All'esterno dell'ufficio Séline sentì qualche passo avvicinarsi velocemente e istintivamente si rannicchiò sotto la scrivania lasciando i fascicoli aperti. Qualcuno bussò con forza alla porta ma nessuno entrò. La donna sentì vagamente pronunciare il proprio nome prima che i due agenti si allontanassero dall'ufficio del commissario. Il trambusto stava crescendo là fuori, doveva essere successo qualcosa: Sèline uscì da sotto la scrivania e si avvicinò alla porta che aprì quel poco che le serviva per guardare fuori. Il corridoio era deserto in quel momento e decise quindi di fiondarsi fuori chiudendosi la porta alle spalle. Fece in tempo a fare solo un passo verso la stanza di vetro che una giovane agente le corse incontro.

"Signorina Brunet! Eccola finalmente! Sa dove si trova il commissario Du Monde?" disse la donna lasciando trasparire allo stesso tempo gioia e preoccupazione.

"No lo so, lo sto cercando anche io ma non riesco a trovarlo" rispose Séline.

"Non importa. Ora abbiamo trovato lei. Venga, presto, c'è stato un omicidio al museo del *Louvre*".

L'investigatrice non ebbe il tempo di assimilare la notizia che subito si trovò a seguire la giovane agente verso l'uscita della centrale dove tre volanti erano già pronte. Mentre si preparava a partire cercò di contattare il detective Moore ma il suo telefono risultò irraggiungibile. Era sola.

***

Séline non poté trattenere lo stupore nell'avere l'opportunità di entrare nel *Louvre* deserto. Naturalmente aveva già visitato il museo prima di allora ma in quelle occasioni le sale erano stracolme di turisti e visitatori. L'investigatrice si fece accompagnare da tre agenti mentre un paio restarono all'esterno in prossimità della piramide di vetro e delle volanti ancora lampeggianti. La donna vide quattro persone in piedi nel grande atrio che, non appena si accorsero della sua presenza, le andarono incontro. Due di loro erano evidentemente delle guardie, data la loro divisa, mentre le restanti due faceva fatica a inquadrarle: un uomo alto quasi due metri e dai tratti ispanici e un altro decisamente più anziano e con il volto segnato dagli anni e dalla presenza di un vasto bendaggio sul retro del capo.

"Investigatrice Brunet". Séline strinse la mano al più anziano dei quattro, che era stato il primo a farsi avanti.

"Buonasera, sono Eugène Croslette, il direttore del Louvre. La prego di seguirmi. Questa notte è successo qualcosa di veramente orribile". Disse l'uomo che fece strada verso un ascensore. Durante il tragitto Eugène spiegò a Séline l'accaduto: le parlò della visita privata con Richard Allison, del tonfo di Ferdinando, la guardia del corpo dell'attore, e dell'aggressione subita. Poi a parlare fu uno dei due addetti alla sorveglianza che spiegò come le telecamere furono messe fuori uso per qualche ora. Una volta tornate in funzione, i due agenti della sicurezza videro i tre visitatori, due vivi e legati nella sala 75 del primo piano dell'ala Denon mentre Richard si trovava altrove e privo di vita.

Séline seguì con estrema fiducia Eugène che sapeva muoversi a occhi chiusi tra quei corridoi e quelle sale. Da sola si sarebbe sicuramente persa o avrebbe imboccato il percorso più lungo. L'uomo li guidò nell'ala Richelieu, opposta a quella dove era stato legato con Ferdinando, e accompagnò gli agenti fino alla sala 4 dove si mostrò loro una scena che solo a Séline risultò familiare.

Il corpo di Richard Allison giaceva senza vita con occhi e bocca spalancati. Di fronte a lui si trovavano un paio di teche di vetro di circa 40cm di lunghezza e 20cm di profondità all'interno delle quali si trovavano due tarantole nere di dimensioni non indifferenti, immobili. Tra i due contenitori erano stati posizioni tre sacchetti di carta, con al loro interno altrettanti esemplari di ragni; alcuni di loro si trovavano ancora lungo il corpo dell'attore, intenti a muoversi lentamente con le loro zampe lungo le braccia e le gambe ormai senza vita dell'uomo.

L'investigatrice sospirò profondamente nel vedere quello spettacolo; guardò gli altri presenti e vide come fossero ampiamente spaesati e anche parecchio disgustati. La donna iniziò quindi a esaminare la scena del crimine, alla ricerca della fotografia del giovane Richard. Sapeva che era lì, nascosta da qualche parte anche se questa volta trovarla sarebbe stato più difficile per lei dal momento che non era propriamente un'amante di quel genere di animali.

"Chi ha fatto questo, detective?" Il direttore Croslette ruppe il silenzio e le indagini, guardando con disgusto la scena.

"Non possiamo rilasciare alcuna dichiarazione in questo momento. Avete fatto bene a contattarci. Restate a disposizione degli agenti per qualche ulteriore domanda" disse l'investigatrice facendo capire con gentilezza di non voler essere disturbata in quel momento. Séline si chinò sul corpo della vittima osservandolo con attenzione e chiedendosi cosa avesse mai fatto in vita per meritarsi *questo*.

Gli agenti stavano iniziando a delimitare la scena del crimine quando la donna riuscì a trovare ciò che stava cercando. Il suo sguardo cadde all'interno di un sacchetto di carta, dove nel mezzo si trovava una tarantola che non aveva mai visto prima d'ora: le sue zampe pelose erano caratterizzate da un colore blu intenso che le ricordò quello dei lapislazzuli. Accanto alla tarantola blu cobalto, le cui dimensioni del corpo si avvicinavano alla grandezza del palmo della mano di un bambino, si trovava il suo indizio, la fotografia che stava cercando. Séline indossò i guanti di lattice, deglutì con forza e si fece coraggio decidendo di mettere la mano all'interno del contenitore nonostante avesse un certo ribrezzo. Istintivamente cercò di chiudere gli occhi ma si sforzò di non farlo; non appena tastò il pezzetto di carta lo estrasse velocemente; il ragno ebbe un rapido sussulto e scattò verso la sua mano che però riuscì a fuoriuscire prima di essere toccata dall'animale.

Séline afferrò il reperto, lo aprì delicatamente e senza alcuna sorpresa vide una fotografia di Richard adolescente, la girò e si bloccò per qualche istante: sul retro infatti non vi era scritto alcun numero, come avvenuto nei tre omicidi precedenti ma una lettera, anche se a molti poteva sembrare un semplice simbolo: Φ.

"E questo cosa significa?" sussurrò l'investigatrice in modo che nessuno la potesse sentire mentre là fuori la notte si stava facendo ancora più buia e l'alba tardava a spuntare.

***

Non appena Shaun accese il proprio smartphone vide la chiamata di Séline e cercò di mettersi immediatamente in contatto con l'investigatrice. La donna gli disse come era stato trovato un nuovo cadavere, questa volta al *Louvre* e che c'erano alcune interessanti novità anche se non rivelò nulla nel dettaglio, da lì a qualche minuto si sarebbero incontrati in centrale.

"Arrivo il prima possibile. Francis cosa dice?" chiese il detective Moore ma dall'altro capo non ci fu una risposta immediata ma solo un silenzio che preoccupo l'uomo. "Séline?"

"Sì, ci sono". L'investigatrice parve essersi svegliata da uno stato di ipnosi.

"Quando arriverai ti spiegherò tutto. Fai presto".

La comunicazione si chiuse e la preoccupazione si impossessò di Shaun che si chiese cosa fosse successo al suo caro amico. L'uomo si guardò attorno pensieroso, per giungere alla centrale mancava ancora qualche minuto anche se il taxi stava procedendo il più rapidamente possibile.

Da quando aveva lasciato l'appartamento di Antoine Balboissine erano successe molte cose, alcune delle quali totalmente impreviste. Mentre l'auto viaggiava veloce verso il commissariato superando anonimi palazzi e celebri monumenti della capitale francese, il detective studiava i fatti successi cercando di capire quali sarebbero state le prossime mosse da affrontare e le prossime decisioni da prendere.

Dovevano essere pronti per ciò che sarebbe accaduto nel futuro; egli era sicuro che la vicenda non si sarebbe esaurita quella notte o nelle prime ore del giorno seguente. Shaun era ansioso di sapere quali fossero le ultime novità e soprattutto cose fosse accaduto al commissario Du Monde.

17

Il primo sole del mattino iniziava a spuntare lontano sopra quell'orizzonte formato da tetti, palazzi ed edifici di ogni genere. Per la maggior parte dei parigini quella sarebbe stata una splendida giornata, con un sole caldo e un cielo terso, ma per Séline stava iniziando uno dei giorni più difficili della sua vita professionale e non. Il suo unico desiderio era quello di gettarsi nel suo letto di casa, dormire per ore e scoprire, una volta svegliata, che tutto fosse stato solo un bruttissimo incubo.

Purtroppo era ben consapevole di come la realtà fosse ben diversa e in quella notte concitata era spuntato un nuovo cadavere e al contempo era sparito il commissario Du Monde, una persona di cui si fidava ciecamente, prima degli eventi che avevano caratterizzato gli ultimi giorni.

Anche Shaun era parso preoccupato per la scomparsa di Francis, lo conosceva da anni e un comportamento simile non era affatto nelle sue corde. Séline gli raccontò brevemente i suoi sospetti e come l'atteggiamento del commissario fosse improvvisamente cambiato non appena venne fatto il nome del fratello.

"Tu eri a conoscenza dell'esistenza di Gustave e della sua storia?" chiese l'investigatrice con la speranza di poter far luce su un pezzo di quella vicenda ancora avvolto nell'oscurità.

"Poco o nulla, Francis è sempre stato molto riservato su questo argomento. Non ne ha mai parlato apertamente con nessuno per quanto ne sappia io".

Anche Shaun sembrava brancolare nel buio. "So che le loro strade si divisero in età adolescenziale, quando Gustave scappò di casa, conobbe brutta gente e frequentò cattive compagnie. Non so se i due in qualche modo siano rimasti in contatto negli anni futuri".

"Sai perché se ne sia andato?" Chiese Séline.

"Non lo ha mai spiegato a nessuno il motivo e credo mai lo farà. La loro famiglia era comunque benestante e i genitori di Francis non avevano mai fatto mancare nulla a lui e a suo fratello. Ho il sospetto che in qualche modo lo stia coprendo". Fu così che il detective formulò la sua prima ipotesi.

"Non è certo un'opzione da escludere a priori. Tu credi che entrambi i fratelli siano in qualche modo coinvolti in questa brutta storia? Ci sta nascondendo qualcosa e sicuramente sa molte più cose su Gustave di quanto non ci faccia credere".

L' investigatrice iniziò a passeggiare per la stanza di vetro mentre Shaun la guardava pensieroso.

"Dobbiamo fare qualcosa. Ora abbiamo anche un nuovo caso di omicidio su cui lavorare". Disse così il detective cercando di catturare l'attenzione della collega che parve non ascoltare minimamente le sue parole.

"Lo so, hai ragione, prima pensiamo a Richard. Tra non molte ore sarà un caso mediatico impossibile da gestire. Per fortuna abbiamo trovato il suo autista, altrimenti a quest'ora sarebbe già scoppiato il finimondo".

Séline si riavvicinò al grande tavolo della sala mentre fuori i lampioni continuavano a illuminare le strade, anche se in modo più fioco e meno evidente. "Abbiamo a che fare con l'aracnofobia questa volta - disse l'investigatrice guardando Shaun -. Paura dei ragni" sentenziò la donna che velocemente ricordò ciò che fu costretta a fare per recuperare il prezioso indizio dalla scena del crimine.

I due osservarono successivamente la fotografia trovata da Séline.

"E questo cos'è? È un simbolo?" chiese il detective Moore che stava rigirando tra le proprie mani il reperto.

"Una lettera greca. La lettera *Phi* per la precisione - disse l'investigatrice. - Il nesso con il nostro caso e i precedenti omicidi mi è ignoto per il momento. I ragni presenti sulla scena del crimine erano circa una decina e ho già avviato una richiesta per scoprire se qualcuna di quelle tarantole sia scomparsa da qualche negozio o rettilario. Sono creature difficile da trovare e anche costose. Per quanto riguarda il caso, in questa circostanza pare sia stato abbandonato il numero 77 e non so perché".

"Difficile dirlo. Forse è solo il frutto della necessità e della casualità soprattutto se sono animali difficili da reperire". Suggerì il detective stringendosi nelle spalle.

La donna annuì, si alzò e riprese nuovamente a passeggiare lungo le finestre che si affacciavano sulla strada sottostante il commissariato, pervasa dalla terribile sensazione che stesse perdendo tempo, moltissimo tempo.

***

Quella notte l'uomo varcò per l'ennesima volta la soglia della sontuosa villa, conscio che quella sarebbe potuta essere una delle ultime volte. Il suo compito, la sua missione, stava per volgere al termine. Mentre raggiungeva il primo piano dell'edificio ripensò a quando vide per la prima volta quella persona. Erano passati molti anni dal primo incontro, avvenuto a Parigi, nel cuore della città, e non in quella sperduta periferia.

L'uomo sorrise nel pensare come tra loro due non vi fosse un vero e proprio accordo scritto ma più una sorta di rapporto e legame che trascendeva ogni possibile forma di vincolo contrattuale.

Terminò la rampa di scale pensando nuovamente a quell'attore: aveva fatto davvero un ottimo lavoro anche se era stata necessaria una lunga preparazione e un'estenuante ricerca per trovare quelle tarantole. L'uomo raggiunse il primo piano e si accostò alla porta, leggermente socchiusa; dall'interno filtrava una luce fioca, non sufficiente a illuminare tutta la stanza. Aspettò ad entrare, vide una donna avvicinarsi a lui, come di consueto. Era sempre presente, a qualsiasi ora si presentasse. La donna aprì leggermente l'uscio e sparì per qualche secondo mentre l'uomo attendeva impaziente lungo il corridoio. Era un rituale che ormai conosceva a memoria ma ogni volta gli procurava un leggero stato di agitazione, di ansia e di emozione.

La donna rispuntò dall'interno della stanza facendo cenno all'uomo di entrare, dopodiché uscì dalla stanza per lasciare soli i due. Avevano una cosa importante di cui parlare. La nuova missione. L'ultima.

***

Era da un paio di notti che Gregg Dunnworld faticava a prendere sonno. Il cielo di Londra quella sera era sereno ma non era così il suo stato d'animo. Gregg si alzò dal suo letto e si diresse verso la cucina del lussuoso appartamento di *New Bond Street*, dove si versò un calice di vino e si fermò a osservare fuori la finestra. Nonostante l'ora decisamente tarda e con le prime luci del giorno in arrivo, la via pullulava di un discreto via vai di turisti mai stanchi della capitale inglese e di residenti londinesi ancora svegli in attesa del nuovo giorno.

Gregg aveva molti pensieri per la testa e terribili sensazioni da qualche giorno. Le notizie di quanto stava accadendo a Parigi lo avevano allarmato non poco. Aveva provato anche a contattare Paul Bricely ma l'uomo era diventato irraggiungibile; nessun notiziario e nessun giornale aveva parlato della sua scomparsa ma questo non lo rassicurava, anzi, fece crescere in lui un maggior stato di agitazione.

L'uomo continuò a sorseggiare il suo vino osservando la città perdersi a vista d'occhio. Il suo volto, benché fosse ancora giovane, era visibilmente segnato da quelle notti insonni. Il fisico asciutto era mantenuto in forma da una dieta sana e severamente monitorata, mentre i suoi folti capelli neri venivano trattati con una cura quasi maniacale. Gli occhi erano scuri, profondi e vivaci. La barba era incolta e mostrava qualche pelo bianco. In quei giorni gli era passata perfino la voglia di radersi.

Gregg posò i suoi occhiali per la lettura e si passò una mano sul volto, cercando di risvegliare tutti i muscoli facciali. Sarebbe rimasto sveglio fino all'alba. Con le luci del giorno si sentiva più al sicuro e più tranquillo; anche in questa occasione decise di non uscire di casa come aveva già fatto più di una volta nel corso dell'ultima settimana. Si sentiva braccato, qualcuno gli stava dando la caccia. In cuor suo sapeva perché ma non aveva idea di chi potesse esserne l'artefice.

Sin dalla notizia della morte di Eloise i sospetti iniziarono a germogliare dentro di lui fino a sfociare in un'evidente certezza. Gregg era consapevole che restare chiuso in casa forse non lo avrebbe agevolato, addirittura avrebbe potuto renderlo un bersaglio maggiormente raggiungibile come un topo in trappola.

Si diresse quindi verso il salone e accese il proprio televisore al plasma cercando qualche programma che lo potesse distogliere da quei cattivi pensieri. Girando velocemente i canali, si soffermò su un notiziario, che stava per lanciare una notizia dell'ultimo minuto, una delle peggiori che si potesse mai aspettare.

***

Lisa Lane aveva sempre sognato di fare la giornalista e dare le notizie prima di tutti gli altri. Certo, quando le capitava il turno di notte, come in quell'occasione, si limitava a dover ripercorrere fino all'alba quanto accaduto nel giorno precedente. Aveva iniziato la sua carriera giornalistica occupandosi di rotocalchi e gossip ma ben prestò capì come quella non fosse la sua strada: i casi della vita la portarono ad affrontare una notizia di cronaca nera e da lì fu amore a prima vista.

Grazie al suo impegno e alla sua professionalità, si era guadagnata un posto fisso alla *BBC*. Quella nottata stava conducendo il solito notiziario quando di fronte a lei, tra le telecamere, iniziò a crearsi un leggero trambusto. Dalla regia le fecero cenno di mandare in onda la pubblicità e così fece. Durante lo spot un ragazzo le portò un foglio di carta, era un'ultima ora che avrebbe dovuto leggere non appena tornata in onda. Lisa la lesse velocemente per non farsi trovare impreparata e rimase esterrefatta da quella notizia.

Sentì partire la sigla, si schiarì la voce e guardò dritto in telecamera parlando così a milioni di persone: "Buongiorno a tutti i nostri telespettatori. Apriamo questo notiziario con una notizia che ha sconvolto il mondo del cinema. Richard Allison è morto all'età di 32 anni. Lo ha reso noto il suo ufficio stampa ma per il momento non sono disponibili ulteriori dettagli. Secondo le prime ricostruzioni l'attore sarebbe stato colpito da un malore nel suo hotel di Parigi, già preso d'assalto dai fan accorsi nella notte per rendergli omaggio. Continueremo ad aggiornavi sulla notizia nel corso delle prossime edizioni".

***

Quelle parole furono come una molla per Gregg. Di scatto spense il televisore e si precipitò in camera da letto conscio del fatto che quanto detto dalla giornalista non corrispondesse alla verità, eccezion fatta per la morte dell'attore. Aprì il grosso armadio posto sul lato sinistro del letto e da lì estrasse una valigia; vi buttò dentro alla rinfusa qualche vestito poi aprì la cassaforte nascosta all'interno del grande mobile. Prese una pila di documenti e tre mazzette di contanti. Rapidamente si vestì indossando una camicia e un paio di pantaloni scuri.

Ciò che temeva si stava realizzando: anche Richard era morto. Nel pensare a quanto sentito pochi istanti prima al notiziario, una punta di paura lo colpì nel profondo del cuore. Gregg cercò di allontanare quei pensieri mentre recuperava il proprio telefono e il portafoglio. Si diresse rapidamente in cucina dove spense tutte le luci, stava controllando velocemente le stanze nel caso avesse dimenticato qualcosa di importante, quando il campanello della propria porta suonò.

Gregg si fermò pietrificato tendendo l'orecchio verso la porta di ingresso: nessuno parlò. Dopo qualche secondo di silenzio il campanello suonò nuovamente. L'uomo lentamente ritornò in camera da letto dove svuotò un cassetto e dal quale prese una pistola, nascosta in uno scomparto segreto. Lentamente si avvicinò alla porta di ingresso tenendo ben salda l'arma nella propria mano destra. Il campanello trillò ancora una volta, con maggiore insistenza rispetto a quanto accaduto in precedenza.

Gregg guardò attraverso lo spioncino della propria porta blindata. Tutto il corridoio era sommerso dall'oscurità. Nessuno pareva stare di fronte all'uscio, ma proprio in quell'istante il campanello squillò per la quarta volta. Cercando di fare il minor rumore possibile, l'uomo aprì la porta con la mano sinistra mentre con le altre dita caricò la pistola, pronto a colpire qualora fosse stato necessario. Gregg con uno scatto spalancò l'ingresso e puntò l'arma verso l'oscurità.

Lentamente un uomo si fece vedere in controluce e avanzò all'interno dell'appartamento cadenzando e marcando ogni singolo passo. Il padrone di casa restò sorpreso nel vedere proprio quella persona; si sarebbe aspettato di vedere chiunque ma non quell'uomo, che in tutta risposta gli sorrise dolcemente.

Gregg inizialmente indietreggiò, pur tenendo la pistola puntata in mezzo alla fronte del suo ospite. Non sapeva cosa fare, era stato spiazzato. Chiuse la porta senza perdere di vista il proprio uomo, fece due giri alla serratura e fece cenno all'uomo di spostarsi verso il divano.

"Che cosa ci fai qui? Sei proprio tu vero? Non posso crederci. Non mi sembra possa essere vero. Dopo tutti questi anni".

Era facile intuire del disgusto nelle parole di Gregg che ora sembrava intenzionato a sparare all'uomo che alzando le mani verso il cielo si sedette sul divano.

"Non è come pensi, lascia che ti spieghi tutto". Disse con un tono prossimo alla supplica, cercando di convincere il proprio interlocutore ad abbassare l'arma che nel frattempo era sempre puntata dritta verso la sua fronte.

"Va bene, ma fai in fretta" rispose Gregg che rimase in piedi davanti a quell'uomo che, dopo aver preso fiato con un respiro profondo, iniziò a raccontare la propria storia e la propria versione dei fatti.

18

Dopo una notte animata e ricca di discussioni, Séline e Shaun avevano deciso di seguire due piste differenti. Nonostante l'investigatrice fosse contraria, accettò mal volentieri la proposta fatta dal detective: lui sarebbe andato alla ricerca di Francis mentre lei avrebbe continuato a lavorare sugli spinosi casi di omicidio. I due sarebbero rimasti comunque in contatto costante per avere aggiornamenti continui in tempo reale.

Un paio di agenti stavano accompagnando il detective Moore verso la casa del commissario Du Monde. Le sue ricerche sarebbero iniziate da lì. Shaun sperava di trovare qualche indizio che potesse rivelargli dove si trovasse il suo amico, apparentemente scomparso nel nulla.

L'appartamento di Francis si trovava in *Rue du Mont Thabor*, a due passi da *Place Vendôme*. Un agente restò sul corridoio mentre il secondo accompagnò il giovane detective inglese all'interno. Shaun aveva già visto la casa del commissario Du Monde un paio di volte e non gli sembrava fosse cambiata molto: sin dal primo sguardo si aveva l'impressione di avere a che fare con un appartamento senza il tipico tocco femminile, infatti Francis non si era mai sposato e forse non lo avrebbe mai fatto in vita sua.

La prima stanza che incontrarono fu un salone di media grandezza dove erano presenti una buon numero di componenti tecnologici, un televisore di ultima generazione, lettori blu-ray, dvd, ricevitori satellitari e dispositivi multimediali di ogni tipo che sembravano rendere il salotto una sorta di postazione di guida di un'astronave.

Shaun cercò qualche informazioni qua e là in modo sommario

prima di iniziare a cercare più attentamente nei vari cassetti. Il detective notò come Francis non avesse portato a casa poco o nulla dal proprio posto di lavoro: il commissario era fortemente convinto del fatto che gli affari della polizia dovessero restare in centrale e non uscire mai da lì. L'unico segno evidente della sua occupazione erano i vari attestati appesi alla parete opposta a quella del televisore.

L'uomo si diresse in camera da letto mentre il secondo agente continuò a perlustrare il salotto dell'appartamento. Shaun entrò in una stanza molto minimalista con un solo armadio di modeste dimensioni e un piccolo comodino, ne controllò i cassetti e tutte le antine possibili ma non trovò nulla di interessante.

"Trovato qualcosa?" chiese il detective all'agente che nel frattempo era intento a sfogliare qualche documento trovato sul tavolo della cucina.

"Nulla, solo bollette da pagare. Lei signore?" rispose l'uomo rimettendo i fogli dove li aveva trovati.

"No, credo che le nostre ricerche qui siano finite". Concluse Shaun.

L'agente uscì dall'appartamento comunicando gli sviluppi al collega. Nessuno dei due vide il detective mentre dalla tasca della propria giacca tirò fuori un pezzo di carta piegato su se stesso e che lasciò in bella vista sul tavolo della cucina, nel caso il suo caro amico fosse tornato.

***

Séline se ne andava avanti e indietro per i vari uffici della centrale, raccogliendo i risultati di tutte le indagini dei casi su cui stesse indagando. Passò di fronte all'ufficio del commissario Du Monde e si arrestò per qualche secondo, pensando che forse non era stata una così cattiva idea quella di dividersi: Shaun stava cercando di ritrovare Francis mentre lei avrebbe continuato la caccia a questo serial killer anche se, in cuor suo, si stava sempre più convincendo che il commissario fosse proprio la persona che stava cercando. L'investigatrice passò oltre e depositò l'ultima pila di documenti sul tavolo della grande stanza di vetro, ma prima decise di chiamare il detective Moore per avere un aggiornamento su quel ramo delle indagini; le notizie che giunsero dal collega inglese furono tutt'altro che positive.

"Dove pensi di andarlo a cercare ora?" Chiese Séline non appena seppe che nella casa di Francis non era stato trovato nulla.

"Non lo so, tempo fa mi aveva parlato di un secondo appartamento che aveva acquistato da poco nel quartiere dove era cresciuto. Forse potrebbe trovarsi lì ma ho bisogno del tuo aiuto". L' investigatrice ascoltò attentamente le indicazioni di Shaun e non appena chiuse la comunicazione si fiondò verso l'ufficio del commissario Du Monde.

Controllò, facendo molta attenzione che nessuno la stesse vedendo, impresa non certo semplice con tutta quella confusione. Quando trovò il momento propizio, si fiondò all'interno e iniziò a cercare quanto gli aveva chiesto il detective Moore: un indirizzo o un numero di telefono che potessero indicare dove Francis avesse acquistato il secondo appartamento. Gran parte di quei fogli Séline li aveva già esaminati qualche ora prima quando si era intrufolata di nascosto, all'interno di quella stanza. Ora però stava cercando qualcosa di diverso e il suo sguardo era concentrato su informazioni differenti. Aprì i cassetti della grande scrivania ma non trovò nulla di interessante; si diresse allora verso il grande armadio dove era presente qualche soprammobile e i diversi riconoscimenti ottenuti nell'arco della gloriosa carriera del commissario.

Nel vedere tutti quei premi l'investigatrice si chiese come un uomo potesse nascondere un lato così spaventoso, efferato e criminale. Non le sembrava potesse essere vero anche se, data la posizione che ricopriva, poteva avere accesso a molti luoghi, documenti e informazioni altrimenti inaccessibili. Per Séline era ormai certo un qualche nesso con la vita del fratello anche se questo elemento e collegamento le restava oscuro.

La donna prese il proprio smartphone e compose il numero di Shaun che squillò solo un paio di volte prima che il detective rispose: “Séline? Che succede? Hai trovato quello che ti ho chiesto?”

L’investigatrice pareva essere bloccata, non rispose alle domande del detective; il suo sguardo era ora fisso su un foglio presente sulla scrivania del commissario. Forse lo aveva già visto in precedenza, ma ora un dettaglio aveva catturato la sua attenzione.

“Séline?” insistette Shaun che parve riuscire nell’intento di destare la donna dai suoi pensieri.

“Sì, eccomi, ci sono. C’è qualcosa di strano… - l’investigatrice sfogliò il documento - non ho trovato quello che mi avevi chiesto ma dell’altro. Un nome: Gregg Dunnworld”.

***

La lunga ricerca, frutto di un lavoro che si era di fatto protratto per diversi anni, aveva finalmente dato il risultato tanto atteso e sperato. Francis aveva trovato il suo ultimo e unico obiettivo. Gli ultimi giorni erano stati sicuramente frenetici e le prossime ore lo sarebbero state ancor di più.

Sparire all’improvviso era ormai diventata la sua unica scelta e possibilità. Aveva cercato di farlo nel modo migliore possibile evitando di lasciare indizi dietro di sé, non poteva fare altrimenti. Quella notte aveva viaggiato parecchio. Aveva raccolto alcune cose da casa e poi era partito per la sua ultima meta.

Un taxi lo aveva portato nel cuore della notte all’aeroporto di Parigi *Charles de Gaulle* per poter prendere il primo volo disponibile per la nuova destinazione. Era stato un viaggio tranquillo senza turbolenze o seccature di alcun tipo. Le poche volte che era già stato a Londra non aveva potuto visitare profondamente la città dal momento che era stato costretto a effettuare per lo più delle piccole “toccate e fuga”, per poi tornare in fretta e furia a Parigi.

Una volta atterrato, il taxi lo aveva portato rapidamente nel cuore pulsante della città inglese, anche se vi era giunto alle prime ore dall'alba, quando il risveglio era solo un lontano pensiero per la maggior parte delle persone.

Il commissario Du Monde aveva deciso che avrebbe camminato un po' prima di raggiungere la propria destinazione, *New Bond Street,* passeggiando per le vie più rinomate di Londra. *Oxford Street* non era ancora minimamente affollata, lo sarebbe stata tra non molte ore, e i negozi erano ancora chiusi. Solo qualche piccolo rivenditore iniziava lentamente ad animarsi alle luci appena accese e con i primi movimenti all'interno dei negozi. Francis andò oltre, sentendo sul proprio viso l'aria pungente del primo mattino che lo costrinse a stringere maggiormente la giacca che stava indossando.

Svoltò quindi in *New Bond Street* e avanzò per qualche centinaio di metri fino a quando non raggiunse la sua destinazione.

La porta del palazzo era aperta, come da accordi, ed entrò in un edificio che sin dall'ingresso mostrava tutta la sua ricchezza con un arredamento di gusto barocco e magnificente, soprattutto considerando il fatto che si trattasse di una residenza per cittadini privati anche se indubbiamente facoltosi.

Francis scambiò due parole con il portinaio, che aveva contattato telefonicamente la sera precedente, e quindi iniziò a salire le scale, nel buio più totale. Il paffuto signor Charles avrebbe dovuto disattivare la corrente solo per pochi minuti spegnendo le luci comuni dell'ultimo piano del palazzo; per il commissario questo piccolo dettaglio era di fondamentale importanza, o così gli aveva riferito.

Du Monde raggiunse infine l'ultimo piano, quindi si diresse verso destra. Lì, in fondo al corridoio, si trovava la dimora del suo obiettivo, a lungo ricercato e inseguito, Gregg Dunnworld.

***

Quella mattina sembrava non essere molto differente rispetto alle altre. Nella grande villa alla periferia di Parigi tutto procedeva nella norma. Il sole stava iniziando a sorgere e la squadra di giardinieri era già al lavoro nell'immenso parco che si estendeva per centinaia e centinaia di metri quadrati. Il team dei domestici era intento a ultimare le prime pulizie mattutine che avrebbero fatto risplendere il lussuoso palazzo anche quel giorno.

In una stanza al piano terra squillò un telefono e una donna si avvicinò per rispondere pensando come fosse un orario decisamente insolito per ricevere una chiamata. A dir la verità erano poche le persone a conoscenza del numero di telefono della villa e chiunque fosse stato a chiamare, doveva aver avuto i suoi validi motivi. La donna alzò la cornetta di quello che sembrava essere un vecchio ma costoso telefono e restò in silenzio per ascoltare la comunicazione dell'uomo dall'altra parte. Annuì e riattaccò, quindi si diresse al primo piano abbandonando per un attimo i propri compiti e le proprie faccende.

Una volta giunta a destinazione la donna bussò a una porta, quindi entrò molto lentamente; sapeva che la persona che vi si trovava all'interno era già sveglia ma non voleva disturbarla.

Dopo solo un paio di minuti la donna uscì dalla stanza, richiuse con dolcezza la porta e scese l'ampia scalinata, caratterizzata da un pulitissimo tappeto rosso che ricopriva gran parte del marmo utilizzato per realizzare i gradini. Quell'uomo aveva avvisato che non sarebbe riuscito a passare forse per un paio di giorni. Le sue visite si erano fatte sempre più frequenti nell'arco degli ultimi mesi e le sue assenze venivano segnalate con diversi giorni di anticipo. Quella volta era stato differente e le cause di quella notizia improvvisa le erano completamente ignote.

La donna raggiunse il grande atrio e riprese le proprie mansioni come se nulla fosse successo.

***

Una rapida ricerca aveva rivelato come Gregg Dunnworld fosse residente a Londra, nella prestigiosa *New Bond Street*. Shaun conosceva perfettamente la zona ma non aveva mai sentito parlare di quest'uomo che, per potersi permettere una casa in quella via, doveva essere decisamente benestante. Ignorava quale fosse la sua mansione e con ogni probabilità doveva agire nell'ombra: quel nome era infatti sconosciuto alla stampa scandalistica o agli scenari politici e industriali.

La decisione venne presa in pochissimi minuti, ma rispetto a poche ora prima Séline si mostrò subito favorevole. Il detective avrebbe preso il primo treno per Londra mentre l'investigatrice lo avrebbe raggiunto più tardi, nel caso fosse stato necessario. A questo punto era impensabile lasciare Parigi senza nessuno al comando della centrale e delle indagini, dal momento che il commissario Du Monde si era volatilizzato. La donna si sarebbe recata nella capitale inglese solo in caso di estrema necessità.

Shaun era da poco salito sull'Eurostar che lo avrebbe portato alla stazione di *St. Pancras International*. Dopo aver trovato il proprio posto, si sedette guardando pensieroso fuori dal finestrino. I posti accanto a lui erano rimasti liberi, consentendogli di affrontare un viaggio più comodo e rilassante. Diede un'occhiata al proprio tablet facendo scorrere alcune fotografie dell'indagine. Nel vedere le foto delle vittime pensò al grave errore che aveva commesso Francis rivelando accidentalmente il nome di Gregg Dunnworld. Presto sarebbe tutto finito, Londra era la sua città e nessuno si sarebbe preso gioco di lui nella sua casa e finalmente avrebbe portato a termine tutta quella storia, una volta per tutte.

Convinto del fatto che le prossime ore sarebbero state decisive e che presto avrebbe trovato il commissario Du Monde, Shaun si mise comodo sul proprio sedile, prese un paio di auricolari, li collegò al tablet e iniziò ad ascoltare della musica. Il viaggio sarebbe durato all'incirca un paio d'ore e quindi avrebbe potuto tranquillamente schiacciare un pisolino. Il detective chiuse gli occhi mentre il rumore della ferrovia sotto di sé veniva coperto dalla musica del proprio dispositivo.

***

Séline stava continuando a rovistare avidamente quei documenti. L'investigatrice imprecò con se stessa per non aver scoperto prima quel dettaglio, chissà quante cose sarebbero andate in modo differente, forse migliore. Non era ancora sicura di cosa potesse significare quel nome, Gregg Dunnworld, ma per il commissario doveva essere estremamente importante. Compariva in più di un foglio e spesso era cerchiato in rosso. Séline si sedette sulla poltrona della scrivania di Francis, non preoccupandosi più dell'eventualità di essere scoperta, e iniziò a leggere tutto quello che aveva tra le mani.

La donna si sentì come una piccola bambina sommersa in un affascinante libro d'avventura o fantasy, dove ogni parola era pari a un tesoro di inestimabile valore. Continuò a leggere il più velocemente possibile dal momento che a ogni singolo appunto pareva aprirsi un nuovo capitolo di una storia ricca di ombre e incertezze. Quando terminò questa lettura forsennata, Séline si fermò e fissò il vuoto di fronte a sé; nella sua mente si aprirono troppe domande inaspettate come un temporale estivo. Riguardò nuovamente quanto aveva appena scoperto e parevano non esserci dubbi. Ora doveva decidere cosa fare e in che modo. Il comportamento del commissario Du Monde assumeva dei contorni ancora più inaccettabili e strani. L'investigatrice sentiva che doveva agire, e al più presto.

Si alzò dalla poltrona e uscì dall'ufficio di Francis. Due agenti la videro ma non le importò nulla, in quel momento aveva ben altre preoccupazioni e problemi per la testa. Velocemente si fiondò nella stanza di vetro senza che i due potessero proferire parola. Séline si sedette di fronte al proprio computer e iniziò a effettuare qualche ricerca online. Doveva saperne di più e trovare qualche conferma su quanto avesse appena letto. Si rammaricò per non aver capito prima quanto scoperto, gli indizi erano proprio lì davanti ai suoi occhi, lo erano sempre stati ma non aveva trovato la chiave di volta. Magari avrebbe potuto fermare il commissario Du Monde in anticipo.

Séline consultò infine anche tutti i database e i vecchi archivi della polizia francese e tutti i suoi dubbi vennero spazzati via definitivamente, come foglie d'autunno smosse dal vento.

Si alzò dalla sedia di scatto e si diresse verso l'ampia vetrata affacciata sulla strada. Doveva pensare quali sarebbero state le sue prossime mosse. Istintivamente toccò i suoi bracciali, nella speranza che suo padre la potesse aiutare da lassù.

La sua mente avrebbe dovuto viaggiare più velocemente di quanto non avesse mai fatto prima d'ora. Aveva appena scoperto infatti che Gregg Dunnworld e Gustave Du Monde erano la stessa persona.

19

Shaun era arrivato a Londra puntuale, rispettando gli orari previsti. Quando uscì dalla stazione di *St. Pancras* il detective respirò l'aria ancora fresca del mattino. Per lui nessuna città al mondo e nessun luogo erano come Londra, la sua casa, la sua vita. Salì su uno dei tanti taxi fermi all'esterno della stazione e indicò al tassista la sua destinazione, *New Bond Street*.

L'auto partì e Shaun pensò come non fosse ancora il caso di avvisare i suoi superiori e *New Scotland Yard*. Si era guadagnato nel corso degli anni una fiducia tale da potersi muovere con una discreta libertà e lo avrebbe fatto anche in quella circostanza, magari rifacendosi vivo una volta concluso il tutto e raccogliendo i meriti per l'esito dell'indagine. Era consapevole però che questo sarebbe stato estremamente difficile, quasi impossibile.

Il taxi proseguiva lungo *Oxford Street*, che nel frattempo si stava facendo sempre più affollata: i negozi stavano già alzando le proprie saracinesche e una nuova giornata aveva preso il via. L'auto poi svoltò in *New Bond Street*, la destinazione del detective.

"Dove desidera scendere?" chiese il tassista.

"Va bene pure qui, grazie" rispose Shaun offrendo una discreta mancia che l'uomo, di origini mediorientali, accettò con grande gioia.

Il detective scese dalla vettura che ripartì qualche secondo più tardi. Si guardò attorno osservando come la via si perdesse quasi a vista d'occhio, così come la più trafficata *Oxford Street*.

Shaun iniziò a incamminarsi verso il palazzo dove si trovava la residenza di Gregg Dunnworld. Passarono a malapena tre minuti quando finalmente raggiunse la sua destinazione: a prima vista la struttura sembrava nascondere la grande ricchezza che vi si conteneva al suo interno, forse per meglio mimetizzarsi con il resto degli edifici. Il detective aprì il grande portone e trovò un uomo in divisa pronto ad accoglierlo.

"Sto cercando il signor Dunnworld, sono il detective Moore di New Scotland Yard" disse mostrando il distintivo. L'uomo sul momento non disse nulla, ma si recò dietro a quella che sembrava essere la reception di un piccolo hotel.

"Mi spiace, il signore ha fatto sapere di non voler essere disturbato." Rispose con tono pacato l'inserviente.

Shaun rimase sorpreso da quella risposta, del tutto inattesa.

"Vede, si tratta di una questione di estrema importanza. Devo vedere il signor Dunnworld, al più presto". Il detective cercò di forzare la mano, pur sapendo che non avrebbe potuto fare troppo senza un mandato.

All'udire quelle parole un velo di preoccupazione parve cadere sul volto dell'uomo che sembrò essere in lotta con se stesso sul decidere cosa fare in quel momento. Dopo aver sospirato, uscì dal bancone e accompagnò Shaun verso l'ascensore.

"L'appartamento del signor Dunnworld si trova all'ultimo piano, in fondo al corridoio" disse un po' a malincuore. Il detective dal canto suo fu molto felice di quel piccolo favore. Premette un tasto dell'ascensore e le porte si chiusero.

Charles Gillingham era sempre stato un serio lavoratore e ormai si trovava in quel palazzo da più di una quindicina d'anni.

Quei giorni erano stati i più strani e i più bizzarri di tutta la sua vita lavorativa. Egli si chiese infatti cosa avesse fatto il signor Dunnworld per essere cercato non solo dalla polizia inglese ma anche da quella francese. Come inquilino non aveva mai dato alcun problema e con lui si era mostrato sempre gentile e cordiali.

Charles non aveva certo dimenticato infatti il gentile commissario transalpino che era arrivato qualche ora prima e che lo aveva raccomandato di non far salire nessun altro salvo un suo nuovo ordine. Un po' preoccupato Glenn tornò alla propria postazione e osservando l'ascensore vide come il detective Moore avesse raggiunto il piano desiderato.

***

Gustave Du Monde aveva avuto tutto tranne che una vita semplice. Si era sempre sentito quello "diverso" nella famiglia, il figlio minore di cui non importava praticamente nulla a nessuno. Questa situazione era iniziata con i primi anni di scuola, quando aveva manifestato la sua poca attitudine allo studio, contrariamente a quanto mostrato dal fratello Francis, sempre il primo della classe. Più di una quindicina d'anni dividevano i due fratelli, anche a causa del fatto che Gustave fosse figlio della seconda moglie di Matthieu Du Monde, uno dei più famosi avvocati di tutta la Francia.

Francis era l'unico della famiglia che volesse bene a Gustave, o di questo si era convinto il più giovane dei Du Monde. Quando prese la decisione di lasciare tutto e tutti, pianse insieme al fratello, promettendogli che un giorno si sarebbero incontrati di nuovo, a qualunque costo.

Era una notte piovosa quando Gustave decise di lasciare Parigi e andarsene a Bordeuax, era ancora un adolescente minorenne: si imbarcò di nascosto su un treno merci e incominciò una nuova vita fatta di piccoli furti e rapine.

Con il passare degli anni quella divenne la sua professione e il suo nome divenne sempre più famoso nella malavita francese. Il suo ritorno a Parigi venne preceduto dalla sua fama ma nessuno ne conosceva il volto e nessuno aveva idea di quale nuova identità si impossessasse ogni volta. Dopo aver guadagnato centinaia di migliaia di Euro, e forse anche qualcosa di più, decise di lasciare la capitale francese e di controllare tutto dalla sua nuova casa: Londra.

Gustave cambiò nuovamente la propria identità ma decise di mantenerne una stabile per il Regno Unito mentre in Francia avrebbe continuato ad avere cento nomi e mille potenziali volti. Non volle mai rinnegare le proprie origini e così Du Monde si trasformò in Dunn World, che brevemente divenne Dunnworld.

A 32 anni era diventato uno dei criminali più ricercati di tutto il paese transalpino mentre per gli inglesi era solo uno dei tanti cittadini benestanti che pagava regolarmente le tasse come tutti.

A onor del vero i suoi affari erano sensibilmente calati nell'ultimo triennio, aveva ceduto il suo "scettro" e guadagnato abbastanza da potersi rifarsi una nuova viva a Londra, e chissà, anche una famiglia. Ufficialmente ricopriva il ruolo di assicuratore anche se non gli sarebbe importato dover iniziare a fare la gavetta per un nuovo lavoro. Voleva rompere con il passato, una volta per tutte.

In quegli anni travagliati, un paio di volte aveva rischiato la cattura e in una di quelle occasioni, proprio a causa del fratello Francis che nel frattempo era diventato commissario della *Police Nationale*. Infatti nel corso di una retata della polizia francese, venne scoperto uno dei suoi tanti nascondigli ma riuscì a scappare, anche se non seppe mai quanto fu veramente coinvolto il fratello.

Quel giorno in lui cambiò qualcosa, come se una molla fosse scattata al suo interno, qualcosa di inspiegabile ma di estremamente potente.

Le ultime ore erano state invece decisamente tumultuose, sin dalla notizia della morte di Eloise Charcanelle.

Inizialmente non aveva dato molto peso alla cosa, ma gli omicidi successivi non gli avevano lasciato alcun dubbio. Il suo passato stava tornando in modo preponderante a chiedere il conto, e il prezzo da pagare sarebbe stato altissimo, il più alto di tutti: la propria vita.

***

La ricerca del commissario Du Monde era durata tanto, troppo. Per anni aveva atteso questo momento e nessuno al mondo avrebbe potuto fermarlo. Naturalmente quando Denise, la sorella della prima vittima, aveva fatto il nome di suo fratello Gustave, i suoi piani avevano subìto un'improvvisa accelerata mentre Francis si vide costretto ad agire ancor più nell'ombra. Fu costretto a mantenere l'anonimato anche con la moglie di Philippe: nessuno doveva venire a conoscenza del fatto che il cognome Du Monde fosse coinvolto nelle indagini. Quell'informazione sarebbe morta con lui. Trovare suo fratello era stato tutt'altro che facile, non ne poteva parlare con nessuno per non destare alcun sospetto.

Non appena scoprì la vera identità di Dunnworld decise di lasciare Parigi, non poteva aspettare oltre. Lasciò solo un misero bigliettino a Séline con la speranza che potesse capire le sue azioni, con la consapevolezza però che non sarebbe stato certamente facile farlo. Non aveva mai pensato a un possibile perdono, lo riteneva impossibile.

Il signor Gillingham si era rivelato essere una persona estremamente squisita e disponibile, nonostante lo avesse contattato nel cuore della notte. Al suo arrivo in quella palazzina di *New Bond Street* gli era corso incontro facendo tutti gli oneri del caso, come se stesse accogliendo una vera e propria celebrità; inoltre non aveva fatto nessuna obiezione alla strana richiesta di spegnere le luci del corridoio dell'ultimo piano, solo per cinque minuti; Francis se l'era cavata con un semplice "*voglio fare una bella sorpresa a Gregg*".

Una volta giunto di fronte alla porta dell'appartamento di suo fratello, il commissario Du Monde si sentì emozionato, come poche altre volte in passato malgrado ormai fosse in grado di gestire le emozioni anche nei momenti più cruciali. Dovette suonare per ben quattro volte prima che Gustave gli aprisse la porta.

Ci aveva pensato molto lungo il tragitto ed era convenuto sul fatto di non aspettarsi come accoglienza una pistola puntata alla fronte anche se non credeva ci sarebbero stati abbracci e pianti, ma un'arma gli sembrò decisamente eccessiva. Per sua estrema fortuna, Gustave decise però di farlo entrare e gli permise di spiegare tutto. Francis aveva avuto tanti momenti di gioia in vita sua, ma in verità non si sentì mai così felice e sollevato come in quell'occasione.

***

Un brevissimo suono metallico segnò l'arrivo dell'ascensore al piano previsto. Shaun attese l'apertura delle porte e uscì con attenzione, nel caso qualcuno fosse presente nel corridoio. Istintivamente il detective portò la mano sulla pistola tenuta dietro di sé; quando si rese conto di essere solo mollò la presa. Shaun uscì dall'ascensore iniziando a calpestare la moquette blu scuro, estremamente pulita. Lentamente avanzò verso la fine del corridoio, come gli aveva indicato l'uomo all'ingresso del palazzo. Giunto di fronte alla porta dell'appartamento di Gregg Dunnworld si arrestò, indeciso se fosse meglio suonare il campanello o bussare alla porta.

"Signor Dunnworld, apra la porta! Sono il detective Moore di *New Scotland Yard*". Disse Shaun che aveva optato per la seconda possibilità. Dall'interno dell'appartamento parve non giungere alcun rumore così provò anche a suonare il campanello posto accanto alla maniglia. Anche in questo caso nessuna risposta.

"Signor Dunnworld! Apra! *New Scotland Yard*!" il detective stava tenendo tra le mani la propria pistola appoggiandosi al muro posto accanto all'uscio. Dopo qualche secondo di assoluto silenzio con una mano provò ad aprire la porta e notò come non fosse stata chiusa dall'interno. Questa si aprì senza fare il minimo rumore o cigolio. Shaun fece un respiro profondo e si fiondò nell'appartamento puntando l'arma nel vuoto. All'interno pareva non esserci nessuno.

Il detective si mosse lentamente nel grande salone che accoglieva gli ospiti. Un armadio con molte aperture faceva da divisorio con la cucina che si apriva sulla sinistra mentre sulla parte di destra era appeso un monumentale televisore.

Da entrambe le stanze, benché di fatto fossero un unico grande open space, si aprivano due corridoi, la cui visuale era parzialmente oscurata a Shaun. Egli decise di dirigersi verso quello di sinistra: attraversò una cucina moderna e fornita di ogni elettrodomestico possibile, non potendo fare a meno di pensare che tutto quell'arredamento fosse decisamente eccessivo per una sola persona.

Il detective imboccò un primo corridoio lungo quasi una decina di metri; con le dita strinse la presa sulla propria pistola mentre si accingeva ad aprire una delle due porte poste in quell'ala dell'appartamento. Poggiò la mano sulla maniglia tonda d'ottone e la girò lentamente, anche questa era aperta: Shaun sbirciò e vide come si trattasse di un bagno di discrete dimensioni. Spalancò l'uscio ma anche questa stanza era vuota.

La sua attenzione si concentrò quindi sull'ultima porta del corridoio. Si avvicinò il più rapidamente possibile cercando comunque di conservare una discreta cautela. La sala si era rivelata essere una specie di ufficio scarsamente illuminato. Una grande scrivania di legno si trovava nella parete più lontana mentre le persiane delle ampie finestre erano socchiuse. Sul pavimento un grande tappeto verde scuro che al detective ricordò quello utilizzato per un tavolo da biliardo.

Accanto a sé Shaun notò un'imponente libreria, ricca di moltissimi volumi e di libri di ogni genere. Si potevano trovare trattati di economia, di giurisprudenza, volumi di diverse enciclopedie ma anche libri di letteratura, di poesia e gli ultimi romanzi che avevano conquistato le vette delle classifiche di tutto il mondo.

L'attenzione del detective si focalizzò quindi su alcuni fogli posti con disordine sulla scrivania mentre altri giacevano a terra sul vasto tappeto, alla rinfusa. Si avvicinò cercando di capire la natura di quei documenti, si chinò e scoprì come in realtà fossero esclusivamente dei semplici e banali fogli bianchi senza nulla di scritto o stampato; questi sembravano essere stati messi lì proprio per attirare la sua attenzione. Non fece in tempo a pensare alla parola trappola che cercò di rialzarsi velocemente ma un pistola era già puntata sulla sua nuca.

"Fine della corsa Shaun, getta a terra la pistola, metti le mani bene in vista e alzati molto lentamente". Disse il commissario Du Monde che nel frattempo aveva già caricato il colpo in canna.

Shaun imprecò contro se stesso per essere stato così sbadato e seguì quanto ordinato da Francis. Il detective non poté fare a meno di pensare come fosse giunta la sua fine.

***

Séline si sentiva come un computer attivo i cui motori giravano al massimo regime. Da quando aveva scoperto la storia di Gustave Du Monde e la sua attuale identità, le sue ricerche si erano così ampliate ad altri campi, sperando finalmente di poter fare chiarezza anche sugli omicidi commessi nelle ultime ore.

Nella sua giacca si trovava ancora il bigliettino lasciato da Francis. L'investigatrice se lo ricordò e per qualche secondo fissò il proprio capo di abbigliamento, appeso non troppo lontano da lei. Il sole aveva superato il proprio culmine da un po' e il primo pomeriggio si era già inoltrato per le vie di Parigi. Erano state ore molto concitate per la giovane donna, come non lo erano state mai prima d'ora. Era convinta che Gustave du Monde, o Gregg Dunnworld, fosse la vera chiave per capire cose stesse succedendo in quei giorni frenetici.

Séline aveva provato a scavare nel passato del fratello del commissario e con estrema sorpresa non aveva trovato nulla. Il vuoto più assoluto. La cosa l'aveva insospettita, e non poco. Non riteneva possibile che non vi potessero essere notizie e informazioni su uno dei criminali più noti di tutto il paese. Per trovare qualche risposta fu costretta a tornare nell'ufficio di Francis, che pareva essere l'unico a conoscere i dettagli della vita del fratello e di cosa gli fosse accaduto in tutti questi anni.

Tra gli appunti del commissario comparivano diverse date che Séline aveva prontamente inserito nel vasto database della polizia. Questi davano come risultati crack finanziari e fallimenti societari, nulla di più. La donna tornò quindi a dedicarsi ai diversi omicidi: il grande tavolo della stanza di vetro era interamente ricoperto di fotografie e documenti relativi ai casi sui quali stava indagando.

La sua attenzione cadde poi su una data, appuntata dal commissario Du Monde, che risaliva a molti anni addietro, quasi una ventina. Séline digitò rapidamente alcune parole, quindi lesse avidamente i risultati che apparvero sullo schermo del suo computer.

I suoi occhi si paralizzarono, sbarrati, esterrefatti. Come per magia tutti i pezzi del puzzle stavano andando al posto giusto: le fobie, i numeri, le fotografie, i luoghi degli omicidi, le vittime, il movente e anche l'identità dell'assassino. Ora non aveva più alcun dubbio o alcun sospetto. La sua certezza al momento era solo una: doveva raggiungere Londra il più rapidamente possibile, prima che fosse troppo tardi.

20

Le pale dell'elicottero iniziarono a roteare pochi secondi prima dell'arrivo di Séline. L'investigatrice salutò il comandante pilota e si tuffò all'interno del mezzo che, con grande rapidità, prese quota. Durante il viaggio la donna non riuscì a non pensare a quanto avesse appena scoperto; si morse le labbra mentre il suo piede batteva nervosamente.

"Prima volta in elicottero o paura di volare?" Le chiese gentilmente il pilota che aveva notato il suo stato di agitazione.

"No, ho solo fretta", le rispose cortesemente Séline. Il comandante sorrise e, per quanto fosse possibile, accelerò ulteriormente, Londra era più vicina.

Il cuore dell'investigatrice si fece più leggero quando iniziò a intravedere in lontananza i tetti di un vastissimo agglomerato urbano che si estendeva per diversi chilometri. Dentro di sé sentì un pizzico di emozione e trepidazione per quello che sarebbe successo nelle prossime ore.

Lo spettacolo che era in grado di vedere dall'abitacolo era senza pari. Il cielo stava volgendo lentamente verso il tramonto iniziando a colorarsi di un rosso sempre più acceso che presto si sarebbe tramutato in viola, quindi in nero. Séline iniziò a riconoscere alcuni dei monumenti più famosi della capitale inglese: dapprima vide il *Tower Bridge* mentre il Tamigi scorreva lento sotto di esso. I suoi occhi quindi si posarono sul grattacielo *The Shard* che pareva accoglierla con tutta la sua imponenza e si lasciò scappare un breve sospiro di meraviglia dimenticando per un istante il motivo per cui si trovava su quell'elicottero. Con una breve virata il pilota la riportò alla realtà. A breve il volo sarebbe terminato e Séline avrebbe dato inizio a una frenetica caccia.

***

Matthew Jones era a capo di *New Scotland Yard* da circa una decina di anni. Sotto la sua guida il corpo di polizia inglese era stato in grado di guadagnare nuovamente un ampio consenso presso la popolazione; uno dei suoi principali punti di forza era sempre stata la fiducia verso i propri colleghi ed egli aveva cercato di trasmettere questo suo credo alle persone a lui più vicine, soprattutto in ambito professionale. Negli anni si era mostrato capace di gestire le più disparate situazioni, affrontando pressioni e inconvenienti di ogni genere. Le ultime ore però erano entrate di diritto tra le situazioni più concitate e convulse della sua intera carriera. Gli sviluppi che l'investigatrice francese gli aveva riferito sull'omicidio di Paul Bricely lo avevano sorpreso, nonostante gli innumerevoli anni di esperienza alle sue spalle. Mai era successo qualcosa di simile.

Il colletto della camicia iniziò a sventolare con forza e Matthew dovette sistemarsi gli occhiali che lentamente gli stavano scivolando lungo il naso. L'elicottero si stava avvicinando e l'effetto delle pale iniziava a farsi sentire anche sulla barba grigia dell'agente, che dovette abbassare il volto per proteggersi dall'aria che soffiava con una forza sempre maggiore. Matthew vide uscire dall'elicottero una giovane donna che corse verso di lui con i capelli che si muovevano liberamente al vento.

"Séline Brunet", disse l'investigatrice stringendo la mano all'uomo.

"Matthew Jones, capo di New Scotland Yard. Benvenuta a Londra. - rispose l'agente. - Mi segua, abbiamo molte cose di cui parlare e pochissimo tempo per poterlo fare".

I due, seguiti da un paio di poliziotti, abbandonarono il tetto dell'edificio mentre l'elicottero si affrettò a riprendere quota in una manciata di secondi.

***

Le auto della polizia inglese si stavano dirigendo veloci verso *New Bond Street*. Sulla prima volante si trovavano Matthew Jones e Séline, che ancora stavano discutendo delle notizie giunte a Londra direttamente da Parigi. Il capo di *New Scotland Yard* aveva già predisposto parecchie forze dell'ordine per quella operazione e l'investigatrice ne fu felicemente sorpresa, dal momento che l'uomo a cui stavano dando la caccia era estremamente pericoloso.

Quando giunsero in prossimità della loro meta, le vetture spensero le sirene e rallentarono la loro andatura. La sera stava iniziando a calare su Londra quando le volanti della polizia arrestarono la corsa di fronte all'appartamento di Gregg Dunnworld. Séline si sistemò il giubbotto antiproiettile e scese dall'auto seguendo Matthew che già la precedeva di qualche metro.

La donna vide che il capitano, prima di dare il via alle operazioni, si fermò a parlare con un uomo in divisa, che con ogni probabilità doveva essere il portinaio di quella palazzina, il cui interno colpì Séline per bellezza e sfarzo. La conversazione durò pochi secondi, al massimo un minuto, dopo i quali Matthew riferì agli agenti predisposti a fare irruzione, di raggiungere l'ultimo piano, quindi fece cenno all'investigatrice di seguirlo.

La donna caricò la propria pistola e iniziò a salire le scale non sapendo in alcun modo cosa aspettarsi una volta giunta in cima. In quei brevissimi istanti sperò con tutta se stessa di non aver fatto troppo tardi, causando così la morte di una nuova persona. Quando infine arrivò all'ultimo piano del palazzo, vide che quattro agenti armati stavano già presidiando una porta bianca; questi, nonostante lo spazio a disposizione fosse decisamente esiguo, riuscirono a spostarsi e a creare un varco per far passare Matthew, che sembrava avere una naturalezza divina nell'indossare il giubbotto antiproiettile, mentre per Séline era preponderante la sensazione di avere sul proprio corpo un'armatura medievale. L'uomo accostò l'orecchio alla porta ma non captò alcun rumore, quindi arretrò di qualche passo e fece cenno agli agenti di fare irruzione. In pochi secondi la porta fu divelta e la squadra d'assalto occupò l'intero appartamento.

"Libero!" gridò un primo uomo.

"Libero!" gli fece eco un secondo dopo brevi istanti.

"Uomo a terra! Uomo a terra!" sentenziò invece il terzo. All'udire quelle parole l'investigatrice si sentì gelare il cuore, convinta di essere giunta a Londra troppo tardi.

***

La sera stava lentamente facendo il suo inesorabile corso quando Gregg si svegliò di soprassalto battendo la testa contro qualcosa che gli parve essere di metallo. Imbavagliato e legato, l'uomo si rese conto immediatamente di trovarsi all'interno di un bagagliaio di un'auto che procedeva con passo tutto sommato spedito, anche se non doveva trovarsi in un'autostrada. Gregg cercò di dimenarsi per capire quanto fosse stretto il nastro adesivo attorno a lui, quindi posò lentamente il capo respirando affannosamente con il naso; i polsi e le caviglie gli dolevano, come se fossero costantemente morsi da una sottile tenaglia. Provò a tastare con i polpastrelli ma riuscì solo a sfiorare, con fatica, il tappetino che si trovava sotto di lui. Le gocce di sudore gli cadevano lungo il volto e dalle punte dei capelli; in quel buco respirare era una fatica immane e decise quindi di risparmiare al minimo ogni sforzo e ogni fatica. Sapeva che per il momento non poteva fare nulla per potersi liberare e che avrebbe dovuto aspettare la fine del suo viaggio, ovunque stesse andando.

L'auto stava già attraversando il Tamigi all'altezza del *Waterloo Bridge*. L'autista guidava sereno anche se i suoi piani erano stati completamente stravolti per quanto successo nell'appartamento di Gregg Dunnworld, la sua ultima vittima. Era consapevole che sarebbe stata solo questione di tempo prima che la polizia giungesse sul luogo ma era sicuro di aver già ottenuto un ampio margine di vantaggio, sempre che riuscissero a scoprire quali fossero le sue intenzioni e i suoi piani.

Mentre le luci della capitale inglese iniziavano a risvegliarsi dal sonno giornaliero, l'uomo volò per qualche secondo oltre il canale della Manica, in quella villa alla periferia di Parigi. Gli tornarono alla mente la grande scalinata e naturalmente quella stanza, che ogni volta varcava con grande emozione e rispetto.

Fischiettando, l'uomo allontanò quei pensieri e con la vettura svoltò quindi in *Stamford Strett*: la sua destinazione era ormai vicina e al calare della notte, tra una manciata d'ore, avrebbe portato finalmente a termine ciò che aveva iniziato nella *Ville lumière*. Nessuno ormai lo avrebbe potuto fermare dal portare a termine la sua ultima missione.

***

Matthew e Séline si precipitarono all'interno dell'appartamento. L'investigatrice entrò in un grande salone mentre con lo sguardo cercò di catturare ogni singolo centimetro quadrato per cercare di capire chi si trovasse disteso a terra e se fosse ancora in vita. Il capo di *New Scotland Yard* attirò la sua attenzione facendo cenno di seguirlo oltre la cucina. La donna vide due agenti chinati su un uomo il cui viso era rivolto verso il pavimento, nascondendone a prima vista l'identità.

Séline guardò Matthew cercando di chiedere spiegazioni e delucidazioni con un semplice cenno del capo.

"È ancora vivo". Disse l'uomo che aveva guidato l'operazione e che stava verificando il battito cardiaco della persona distesa sul pavimento "Chiamo immediatamente i soccorsi". Sentenziò uscendo dalla stanza.

Séline quindi si avvicinò lentamente al secondo agente che con estrema cautela mise l'uomo sulla schiena rivelandone così l'identità. L'investigatrice sentì il suo cuore farsi improvvisamente leggero come non lo era stato mai in quei giorni e tirò un grosso sospiro di sollievo, quindi guardò Matthew che le sorrise, dal momento che avevano fatto in tempo e che tutti gli sforzi profusi, per il momento, non erano stati vani.

"Sei ancora vivo Francis", disse la donna al commissario Du Monde che, steso a terra, parve rispondere con un impercettibile battito di ciglia.

21

Shaun se ne stava tranquillamente seduto all'interno della propria auto nell'attesa che giungesse il momento più propizio per poter entrare in azione. Il detective ripensò a quanto successo poco prima nell'appartamento di *New Bond Street*. Il commissario Du Monde era arrivato prima di lui, convinto che questo fosse dovuto a un'indagine che Francis aveva eseguito di nascosto per trovare il fratello. Shaun non poté fare a meno di pensare come quella mossa lo avesse favorito: erano ormai mesi che stava cercando di trovare Gustave Du Monde e, ironia della sorte, era proprio lì, a Londra. Francis lo aveva aiutato, involontariamente, ma lo aveva aiutato. Non riuscì a trattenere un sorriso beffardo, nonostante nessuno lo potesse vedere.

Per la prima volta dopo tanto tempo quel giorno aveva avuto paura, paura che potesse finire tutto, per sempre. Quando sentì la canna della pistola contro la sua testa, credette di aver fallito la sua missione, un risultato inaccettabile. Poi, tutto accadde in pochissimi secondi, si voltò di scatto tirando un pugno a Francis, sul volto, disarmandolo e facendolo tramortire a terra. Il commissario provò a rialzarsi ma Shaun gli puntò contro le due armi presenti in quella stanza, facendolo svenire colpendolo con il calcio della pistola.

Il detective si mosse così alla ricerca di Gustave che nel frattempo stava provando a fuggire da un'uscita secondaria direttamente dalla propria camera da letto. Riuscì ad afferrarlo e, solo dopo un'accesa lotta, a farlo addormentare grazie al fazzoletto imbevuto di cloroformio che teneva nella tasca della giacca.

Shaun conosceva bene Francis ed era consapevole del fatto che la reattività non fosse uno dei punti di forza del commissario, ma non aveva idea di che persona fosse Gustave, la sfida si rivelò estremamente ardua ma alla fine riuscì a uscirne vincitore. Dopo aver legato il più piccolo dei fratelli Du Monde tornò nel grande studio dove si chinò sul corpo di Francis che nel frattempo stava riprendendo conoscenza. Restò qualche istante immobile intento a osservare il commissario muoversi lentamente, nel tentativo di farsi forza; non avendo però troppo tempo a disposizione, disse qualcosa a Francis, lo mise in posizione prona e gli sparò nella schiena, quindi si dileguò sull'auto di Gregg Dunnworld grazie a quel passaggio segreto, risparmiandosi così la fatica di dover passare di fronte al portinaio e rispondere a scomode domande. Non avrebbe esitato un secondo a ucciderlo, se necessario.

Ora Shaun se ne stava fermo all'interno dell'abitacolo, attendendo pazientemente, come un predatore con la sua preda. Non lontano dalla sua posizione, mentre il cielo di Londra era diventato completamente buio, vide uscire un uomo da un edificio. Questi fece qualche passo, quindi si fermò per attraversare la strada.

Lo sguardo di quel custode si posò, senza sapere il perché, su un'auto parcheggiata non lontano da lui, come se il suo istinto lo avesse costretto a voltarsi in quella direzione. L'uomo si soffermò per qualche secondo ma nella penombra non gli parve di vedere nessuno seduto al volante o sul sedile del passeggero. Distolse quindi lo sguardo e se ne andò per la propria strada, verso casa.

L'ultima missione di Shaun poteva così avere inizio: scese dall'auto e, dopo aver controllato che nessuno nei paraggi lo stesse osservando, aprì il bagagliaio.

Gustave iniziò immediatamente a dimenarsi gridando, come se fosse in attesa di quel momento da una vita. In tutta risposta Shaun gli sorrise beffardo e gli posò sul volto un nuovo lembo di stoffa imbevuto nel cloroformio, facendolo cadere nuovamente in un sonno profondo,.

***

Il giubbotto antiproiettile aveva salvato la vita a Francis. Il commissario se l'era cavata con un vistosissimo livido sulla schiena che si era tramutato in una fastidiosa ferita a causa del colpo subìto a distanza ravvicinata. Anche la testa gli doleva a causa del calcio della pistola ricevuto sul capo a tutta velocità, e un sopracciglio gli sanguinava per il pugno che Shaun gli aveva assestato.

Quando riaprì gli occhi capì subito di essere in una stanza di ospedale, non distante da lui si trovava un uomo pressappoco della sua età, che indossava una camicia bianca con le maniche raccolte all'altezza dei gomiti e un paio di pantaloni neri eleganti. Dandogli le spalle, quest'uomo stava parlando con un qualcuno anche se il secondo interlocutore era nascosto alla vita del commissario.

Francis provò quindi a ricordare cosa fosse successo, ma la testa gli faceva ancora male, come se un chiodo fosse penetrato in profondità nella sua mente e nei suoi pensieri. Cercò quindi di alzarsi e si sollevò con il busto appoggiandosi al cuscino del proprio lettino. Quel suo movimento aveva attirato l'attenzione dell'uomo che si voltò di scatto. Francis riconobbe così Matthew Jones, capo di *New Scotland Yard*, anche se era da un paio d'anni che i due non s'incontravano e il commissario pensò come il collega non fosse invecchiato di una virgola e come la sua barba fosse quella di sempre, forse un po' più bianca ma di certo non meno curata.

“Ciao Francis, come stai?” Chiese Matthew avvicinandosi al lettino. Prima che il commissario potesse rispondere, dalle spalle del capo di *New Scotland Yard* spuntò una donna, il secondo interlocutore, con indosso una camicetta bianca e un paio di jeans sportivi ed eleganti allo stesso tempo. Anche lei volle sincerarsi immediatamente delle sue condizioni.

“Come si sente commissario?” Chiese Séline.

“Ci sono stati momenti in cui sono stato meglio. - Rispose Francis accennando un piccolo sorriso. I suoi pensieri in un secondo volarono altrove e il suo volto si rabbuiò -.Mio fr...” si interruppe non volendo rivelare qualcosa che gli altri ancora non sapessero.

“Ho capito tutto commissario e il capo Jones ne è già al corrente. Di questo non si preoccupi - gli disse l'investigatrice sorridendogli dolcemente - non sappiamo però dove possa essere suo fratello. Non c'è traccia nemmeno del detective Moore".

Questa era la peggiore notizia che il commissario potesse mai sentire. Sin da quando era entrato nelle forze di polizia uno dei suoi obiettivi era stato quello di ritrovare il fratello, a maggior ragione in questi giorni, dove il nome di Gustave era stato nominato spesso, troppe volte.

Francis non aveva idea di chi potesse essere l'assassino a cui stava dando la caccia con Séline, ma era sicuro di una cosa: il killer non poteva essere suo fratello. In cuor suo era convinto infatti del fatto che Gustave fosse innocente, non avrebbe mai ucciso nessuno. Quando scoprì l'esistenza di Gregg Dunnworld, grazie a nottate di duro e intenso lavoro, senza pensarci due volte, il commissario era partito alla volta di Londra per mettere in guardia suo fratello del pericolo imminente che incombeva su di lui. Per fortuna Gustave decise di non spararagli in fronte e di ascoltare quanto aveva da dire. Francis riuscì a convincere il fratello a scappare da Londra il più velocemente possibile, fino a quando l'assassino non fosse stato catturato.

Proprio in quei momenti concitati, il detective Moore bussò alla porta. Inizialmente il commissario si alzò per invitare Shaun a entrare ma Gustave lo fermò, convinto del fatto che il detective fosse il killer. Francis non capì come questo fosse possibile ma si fidò delle parole del fratello, così organizzarono il più velocemente possibile una fuga: Gustave sarebbe fuggito da un'uscita segreta della propria camera da letto, mentre il commissario si sarebbe occupato di Shaun. Nei minuti che seguirono accadde di tutto, con Francis che lentamente aprì la porta e che quindi si nascose nello studio dove scoprì purtroppo l'amara verità: le parole di suo fratello si erano rivelate profetiche. In pochi secondi si trovò costretto a puntare una pistola contro il detective per poi giacere a terra svenuto. Da quel momento i suoi ricordi svanirono nel nulla.

Il commissario guardò fuori dalla finestra, doveva essere già sera ma la notte non aveva ancora preso piede. Sul suo volto calarono nuovamente la preoccupazione e l'ansia.

"Dobbiamo trovare Gustave! E fermare il detective Moore!" disse cercando di alzarsi nonostante il dolore al petto.

"Lo so, i miei agenti sono già al lavoro, stanno facendo il possibile". Intervenne Matthew che costrinse Francis a restare sdraiato sul proprio lettino, non era ancora nelle condizioni di potersi muovere.

"Dove pensi abbia portato suo fratello?" chiese Séline al commissario che si sforzò di pensare, nonostante la testa gli facesse ancora male.

"Al momento non ne ho idea. Non so neanche perché Shaun stia facendo tutto questo. Perché? E ti prego, dammi pure del tu. Non mi aiuta il fatto di sentirmi vecchio". Disse Francis sorridendo all'investigatrice che dava l'idea di essere l'unica ad aver capito cosa stesse succedendo.

"È una lunga storia a dire il vero e non credo che ora ci sia il tempo per poterla raccontare. Tutto risale al motivo per cui tuo fratello se ne è andato, credo - rispose Séline che vide negli occhi del commissario uno sguardo perplesso, non capendo come fosse riuscita a entrare in possesso di quelle informazioni. - Sono dovuta entrare nel tuo ufficio e ho trovato quello che mi serviva. Ho scoperto la tua indagine privata per trovare Gustave e poi ho collegato i pezzi del puzzle".

"Se Shaun continua a seguire lo stesso schema, e non vedo motivo per cui non debba farlo ora, dato che ormai è giunto alla fine della sua missione... - continuò l'investigatrice - dobbiamo andare alla ricerca di un luogo dove ci sia la personificazione della paura, per così dire".

"Della paura? - il commissario non stava capendo molto ed era sicuro non fosse per via dei suoi dolori. - Il planetario non ha nulla a che fare con la paura".

"Hai ragione, ma il legame è con Phobos, la divinità greca della paura. Vedi, nel planetario, dove è stato trovato il corpo di Eloise, si trova la rappresentazione del sistema solare. Qui c'è anche Marte con i suoi due satelliti, Deimos e Phobos. Secondo la mitologia greca, questi sono i due figli di Marte e Venere e sono la rappresentazione del terrore causato dalla guerra e della paura". Spiegò Séline, rendendo il quadro della situazione un po' più chiaro. Matthew ascoltava in silenzio, dal momento che l'investigatrice gli aveva già raccontato tutti i dettagli qualche ora prima.

"Quindi anche i luoghi degli altri omicidi hanno questo legame con... la paura?" chiese il commissario che iniziò a comporre i pezzi del puzzle dei vari omicidi.

"Precisamente. Ho fatto qualche rapida ricerca e ho scoperto tutti i collegamenti, anche se alcuni erano più evidenti di altri, una volta scoperto il disegno. Paul Bricely è stato trovato nelle scale Ovest del British Museum, proprio dove si trova un mosaico della divinità Phobos proveniente da Alicarnasso. Philippe, il più evidente di tutti, è stato ucciso nella torre di Parigi di Giovanni di Borgogna, noto anche come Giovanni senza Paura mentre Richard Allison..."

Séline si arrestò dato lo sguardo di sorpresa di Francis che evidentemente non era venuto a conoscenza dell'esistenza di una quarta vittima. "Sì, proprio così. L'attore è stato ucciso all'interno del museo del Louvre. Il suo corpo è stato ritrovato nel primo piano dell'ala Richelieu, più precisamente nella sala numero 4. Nella vetrina sopra il suo cadavere c'è custodito un anello di Giovanni senza Paura. La cosa interessante è anche la scelta di questi luoghi; non sono stati scelti a caso, al di là del legame con la paura. I musei e gli edifici selezionati dal detective Moore si trovano nei quartieri di nascita delle vittime. Il problema è che tuo fratello non è nato a Londra, quindi non sappiamo cosa sceglierà Shaun".

"Ma come ha fatto a trovarmi? Non credevo che anche lui fosse così vicino a trovare Gustave" disse pensieroso il commissario, che notò come il volto di Séline si rabbuiò in brevissimi istanti.

"Credo che quella sia colpa mia. Non avevo ancora capito le sue intenzioni e gli comunicai la mia scoperta - spiegò l'investigatrice.

- Lui si trovava a casa tua per cercare indizi per poterti trovare. Ho rimandato un paio di agenti dopo la partenza di Shaun per Londra e ho trovato questo biglietto".

Séline porse a Francis un piccolo pezzetto di carta sul quale campeggiava la scritta: *Troverò tuo fratello e non lo potrai salvare. Φ*.

Il commissario guardò quel biglietto colmo di preoccupazione. L'uomo parve rimuginare qualcosa tra sé e sé per diversi secondi, come se fosse indeciso sul dire determinate parole o tenerle nascoste dentro di sé.

"Sin da quando ho visto la foto del planetario ho capito che Gustave fosse coinvolto in qualche modo, ma non potevo parlarne con nessuno. Quella era una fotografia della classe di mio fratello, l'ho riconosciuta subito. Shaun deve averla presa e ritagliata mettendo i vari pezzi sulle scene del crimine. Sapevo che Eloise conoscesse mio fratello e da allora ho ripreso le mie indagini in privato. A ogni nuovo cadavere scoperto, il mio timore e la mia preoccupazione crescevano a dismisura. Col senno di poi forse mi sarei comportato diversamente. Confessò il commissario. - E il numero 77? Sei riuscita a scoprire anche il suo significato?"

"Credo di sì ma dati i contorni di questa storia non so se potremo averne mai la certezza. Il satellite di Marte, Phobos, è stato scoperto nel 1877 - ipotizzò Séline. - Questo è l'unico legame possibile al momento. Dubito ne possano esistere altri. C'è da dire inoltre che il numero 77 non era presente al Louvre. Sulla scena erano presenti solo undici ragni".

"Ci sono ancora molte cose da dire ma il tempo stringe. La notte sta sopraggiungendo e ci restano poche ore per agire e trovare tuo fratello". Intervenne Matthew.

Il capo di *New Scotland Yard* voleva trovare al più presto il detective Moore, che nel frattempo era già passato dall'essere il suo orgoglio e la sua intuizione più felice in ambito lavorativo, al suo rimpianto ed errore più grande. In Matthew covava forte un sentimento di colpevolezza per non aver scoperto questa vera natura di

Shaun, abilmente nascosta nell'ombra. Lo aveva apprezzato per le sue doti e abilità informatiche e per la sua capacità di analizzare e scovare anche i più piccoli dettagli all'interno del caso; purtroppo queste qualità si stavano rivelando essere il più grande ostacolo per la risoluzione di questa serie di omicidi.

"Come facciamo a sapere dove si trovano?" disse Francis, che parve essere perso nel vuoto, senza nulla di concreto a cui potersi aggrappare e su cui poter ripartire in questi attimi così importanti.

Séline e Matthew si guardarono negli occhi, delusi dal fatto che il commissario non fosse in grado di aiutarli in alcun modo. Per loro sembrava non esserci più alcuna speranza.

***

Gustave questa volta si risvegliò lentamente, faticando a riprendere conoscenza. Si sentiva indolenzito, come se avesse terminato da poco una maratona. Era spossato e le energie parevano essere andate altrove. Lentamente provò a guardarsi attorno ma si rese conto di essere stato bendato.

Shaun non voleva che la sua vittima sapesse il luogo nel quale era stato portato anche se era ovvio come non si trovasse più all'interno del bagagliaio dell'auto. La schiena di Gustave era appoggiata a un muro umido e freddo mentre le sue gambe erano distese lungo il pavimento e legate all'altezza delle caviglie. Aveva le mani dietro la schiena e i polsi tenuti stretti da un nastro adesivo. Gustave provò a farsi forza e a sollevarsi da terra ma ogni singolo movimento pareva prosciugarlo totalmente facendolo sentire più stanco di quanto già non lo fosse in precedenza. Sospirò con il naso e si accasciò nuovamente su se stesso sperando di poter recuperare le energie e che nel frattempo qualcuno giungesse a salvarlo, ovunque si trovasse.

Shaun non era lontano da lui e aveva osservato incuriosito quel vano tentativo. I preparativi, come sempre, richiedevano un certo lasso di tempo e in particolar modo quella notte non poteva permettersi rallentamenti, ogni singolo secondo era prezioso come non mai. La sua unica vera preoccupazione, anche se nascosta nelle profondità del suo cuore, era che Séline in qualche modo avesse scoperto il suo piano. La riteneva l'unica in grado di poterlo fermare anche se aveva abboccato al depistaggio su Antoine Balboissine. Egli infatti aveva falsificato i documenti dell'indagine londinese e della S.I.S. affinché risultasse una partecipazione del tecnico agli interventi del *British Museum*. Di fatto il detective non si era mai recato a Londra per interrogare il signor Balboissine, lo aveva solo fatto credere, quella notte aveva ben altri impegni da dover svolgere e aveva bisogno di essere solo, come nelle altre circostanze.

Shaun cercò di non pensare troppo alla possibilità di essere catturato anche perché, in realtà, da quando aveva iniziato queste missioni non gli era mai passata per la testa questa possibilità. Una volta terminato il suo compito sarebbe tornato alla vita di tutti i giorni, come se nulla fosse, in attesa di nuovi ordini.

Per il detective questi *compiti* erano diventati come una sorta di dovere che egli eseguiva con estremo piacere. Sarebbe potuto andare avanti per molto tempo con chissà quante altre vittime; amava scovare le loro paure più recondite e sbatterle davanti agli occhi. In fondo lui non aveva ucciso nessuno, era stata la loro fobia a farlo, di questo ne era convinto. Con nessuna delle quattro vittime era stato necessario premere il grilletto; egli aveva dato solo dell'LSD poi il cervello e la paura avevano fatto il resto.

Shaun allontanò questi pensieri e tornò a concentrarsi su Gustave. Il fatto di non sapere dove si trovasse il fratello Du Monde lo avevo costretto a improvvisare un po' quella sera, ma era addestrato anche per quello. Il detective guardò il proprio orologio sul polso. Il tempo rimasto a sua disposizione non era molto ma presto avrebbe concluso tutto. Una volta per sempre.

22

Séline e Matthew stavano discutendo in piedi vicino alla finestra della stanza del commissario Du Monde. Francis non riusciva a sentire quale fosse l'argomento della loro conversazione e si chiese perché non ne stessero parlando con lui, era coinvolto suo fratello ed era stato quasi ammazzato. Li fissò a lungo sperando di riuscire ad attirare la loro attenzione ma non vi riuscì.

Il capo di *New Scotland Yard* pareva essere dubbioso mentre l'investigatrice sembrava stesse cercando di avanzare una serie di proposte a raffica. Francis si concentrò maggiormente e riuscì a carpire qualche parola del loro discorso.

"Potrebbe essere in qualsiasi museo, edificio storico o persino nella casa di Londra. È come cercare un ago in un pagliaio". Si lamentava il capo Jones.

"Lo so, ma non possiamo permetterci il lusso di stare qui a far nulla nell'attesa che domani venga ritrovato il cadavere di Gustave Du Monde o Gregg Dunnworld, come diavolo si chiama". Ribatté Séline e il commissario, mentalmente, appoggiò la tesi dell'investigatrice.

"Tu credi davvero che Francis non sappia niente?" La domanda di Matthew spiazzò il commissario, che tese maggiormente l'orecchio, fingendo di dormire per non essere scoperto.

"Sì, lo credo. Perché dopo aver fatto tanta fatica per trovare suo fratello ora lo dovrebbe lasciare morire così?" rispose l'investigatrice.

"C'è una cosa che mi sto chiedendo da quando siamo entrati nell'appartamento di *New Bond Street*". La voce del capo di *New Scotland Yard* si fece ancor più pacata e divenne dubbiosa, Francis si concentrò più che poté per ascoltare "Perché il detective Moore non ha ucciso Francis? Insomma, era solo, poteva spararargli alla testa e svuotare il caricatore. Invece no, gli ha sparato nella schiena-petto in un punto non mortale e, come hai visto anche tu, il giubbotto antiproiettile era ben visibile. E se Shaun avesse volontariamente risparmiato Francis? E perché?"

Quella domanda lasciò interdetta l'investigatrice che inizialmente non si era posta quel dubbio, troppo felice di aver ritrovato Francis vivo. Séline allora guardò il commissario disteso su quel lettino, intento a dormire, o così sembrava. La donna aveva lo sguardo perso nel vuoto. Non poteva credere alla possibilità che in qualche modo Francis e Shaun fossero complici. Fece per avvicinarsi al commissario quando un agente entrò di corsa nella stanza.

"Signore! Forse lo abbiamo trovato, si trova alla National Gallery!" Matthew e Séline si voltarono di scatto verso il cadetto che con il fiatone restò in attesa di ordini. Il capo di *New Scotland Yard*, che aveva deciso di tenere un paio di pattuglie presso l'ospedale per essere pronti ad intervenire, guardò la donna, poi buttò nuovamente il suo sguardo su Francis, che parve non essere stato minimamente disturbato da quell'improvviso vociare.

"Arrivo subito" rispose Matthew, che quindi si rivolse all'investigatrice "Tu resta qui con lui, nel caso dovesse emergere qualcosa. Non mi fido a lasciarlo solo o con un agente che non conosce il caso. Ti tengo aggiornata".

Séline ebbe solo il tempo di acconsentire con la testa, che il capitano Jones si fiondò all'esterno seguito dal cadetto. Anche lei avrebbe voluto prendere parte all'operazione e andare alla National Gallery ma la soluzione proposta da Matthew era condivisibile: lui si diresse al museo dato che conosceva bene il detective Moore, sperando di anticipare così le sue mosse, mentre lei restò in compagnia di Francis." L'investigatrice si trovò in una stanza di ospedale di Londra in compagnia del commissario Du Monde e di una serie di nuovi dubbi che credeva ormai sepolti per sempre.

***

Il capitano Jones si fiondò all'interno dell'auto che già lo stava aspettando accesa. Questa partì a tutta velocità non appena la portiera del passeggero si chiuse.

Sin dalla telefonata di Séline, Matthew aveva fatto controllare e sorvegliare tutti i sistemi di sicurezza dei principali musei e attrazioni culturali di Londra. Nel caso le telecamere di sicurezza di uno di questi luoghi fossero andate fuori servizio, quella sarebbe stata la prova della presenza di Shaun, proprio come aveva fatto con i precedenti omicidi.

La bravura del detective Moore era lampante e lo aveva già dimostrato al *British Museum* e al *Louvre*. Il capitano Jones era convinto però che sarebbe riuscito a porre la parola fine a questa terribile storia. La volante sfrecciava ad altissima velocità e a sirene spiegate costringendo gli altri veicoli a fermarsi e ad accostare lungo il ciglio della strada. Matthew, mentre *Trafalgar Square* si faceva sempre più vicina, si stava allacciando il giubbotto antiproiettile ascoltando gli aggiornamenti dell'agente seduto sul sedile posteriore.

"Le telecamere del museo sono state disattivate 13 minuti fa. La sicurezza non riesce a spiegarsi come sia stato possibile e tutte le stanze dell'edificio ora sono senza videosorveglianza. Potrebbe essere ovunque".

"Quanti agenti ci sono già sul posto?" chiese il capitano Jones che nel frattempo preparò anche la propria pistola.

"Per il momento i tre agenti della guardia notturna ma sono in arrivo quasi tutte le forze disponibili" ribatté l'agente che stava controllando tutte le informazioni tramite un tablet.

"Molto bene. Siamo pronti. Mettiamo la parola fine a questa brutta storia una volta per tutte". Concluse Matthew.

Le volanti spensero le sirene per evitare di farsi sentire dall'interno del museo ma gli agenti non lasciarono le vetture in *Trafalgar Square*. Le auto infatti passarono oltre e girarono attorno al museo fermandosi praticamente sul retro dell'edificio, presso *Orange Street*. Il capitano scese e raccolse attorno a sé tutti gli agenti sulla scena, per stabilire il piano di azione e per poi fare irruzione all'interno della *National Gallery*.

***

Séline si sedette accanto a Francis, il quale aveva il capo appoggiato sulla propria spalla sinistra. Il commissario lentamente sbatté gli occhi fingendo di risvegliarsi. Si guardò attorno e quando incontrò lo sguardo di Séline sorrise ma vide come il volto della donna si fosse fatto teso e preoccupato.

"Dov'è andato il capitano Jones? - chiese all'investigatrice che inizialmente parve non sentire la domanda. La sua mente pareva essere altrove e il suo sguardo assente - Séline?"

"Sì? - la donna si destò dai suoi pensieri. - Matthew è dovuto andare via".

"Ci sono stati degli sviluppi sul caso?" Il commissario voleva saperne di più ma Séline era restia a divulgare troppe informazioni. Troppi dubbi le stavano passando per la testa. L'investigatrice si alzò e iniziò a passeggiare lentamente per la stanza.

"Costa sta succedendo?" Francis cercò di fingere di essere sorpreso anche se in realtà era riuscito a sentire la parte conclusiva della conversazione tra lei e Matthew.

La donna continuò a ignorarlo fermandosi a osservare fuori dalla finestra. Le luci di Londra pullulavano come tante lucciole in un campo di piena estate. Il cielo sopra la capitale inglese si era fatto però nuvoloso e un manto di nuvole iniziava a coprire le ultime stelle ancora visibili.

"Séline!" il commissario stava perdendo la pazienza e fece per alzarsi, nonostante il petto gli dolesse ancora, ma decisamente meno rispetto a qualche ora prima.

La donna si voltò di scatto e lo osservò con uno sguardo penetrante, come se cercasse di leggere i pensieri nascosti nel più profondo antro dell'anima e della mente del commissario Du Monde. L'investigatrice quindi andò verso la porta, uscì un istante, guardò fuori nel corridoio e vide che nessuno stava passando in quel momento; ritornò rapidamente all'interno della sala, chiuse l'uscio, lo bloccò con una sedia che trovò lì vicino e tirò tutte le tende per evitare che qualcuno potesse guardare all'interno della stanza dal corridoio dell'ospedale.

Francis, allarmato, cercò in tutta fretta il pulsante per poter chiamare un'infermiera ma la Séline lo arrestò immediatamente puntandogli contro una pistola.

***

Il cielo sopra Londra si era oscurato e alcune timide gocce di pioggia iniziavano a cadere sulla capitale inglese. Horatio Nelson manteneva il suo sguardo fisso verso *Westminster* dall'alto della sua colonna mentre poche persone passeggiavano ancora per *Trafalgar Square*, cercando talvolta di arrampicarsi su uno dei quattro leoni che si ergevano alla base della colonna dell'ammiraglio.

La *National Gallery* spiccava imponente e silenziosa sulla piazza mentre all'interno del museo pareva non volasse nemmeno una mosca.

Alle spalle dell'edificio Matthew Jones cercava di mettersi in contatto con gli agenti della sicurezza presenti all'interno del museo ma nessuno era raggiungibile. Il capitano di *New Scotland Yard* voleva essere sicuro di ciò che stesse accadendo all'interno della *National Gallery* e avere un quadro della situazione il più chiaro possibile. Sarebbe stato troppo rischioso gettarsi all'interno di una struttura così vasta senza sapere dove dirigersi e cosa affrontare di preciso.

La pioggia iniziò a cadere con maggiore insistenza e il ticchettio delle gocce riecheggiò sui caschi degli agenti pronti a fare irruzione. Matthew stava prendendo tempo pur sapendo che non poteva permettersi di attendere troppo. Prese il telefono e provò a raggiungere Séline, per capire se fosse riuscita a carpire qualcosa di utile dal commissario Du Monde ma non riuscì a contattare l'investigatrice, quindi guardò il proprio smartphone perplesso dal momento che non c'era segnale.

Matthew imprecò preso dalla tentazione di gettare il dispositivo a terra ma si trattenne. Pensieroso, fece qualche passo di fronte all'auto con il capo chino verso terra. In quel momento avrebbe voluto essere solo per poter riflettere e decidere con calma cosa fare e come agire.

Accanto a lui una trentina di agenti erano in attesa di un suo ordine, pronti a intervenire. Matthew prese velocemente un tablet e con un paio di rapidi tocchi consultò la mappa del museo. Guardò l'edificio poi si decise.

"Tre minuti e faremo irruzione".

***

A Shaun parve di sentire delle sirene della polizia avvicinarsi a tutta velocità alla sua postazione anche se poi in pochi secondi quel rumore divenne più fioco e si spense nel vuoto lasciando spazio solo alla pioggia. Si avvicinò a una finestra e nella penombra guardò verso l'esterno. La strada sulla quale si affacciava quel lato dell'edificio era pressoché deserta. Il maltempo aveva convinto la gente a restare chiusa in casa e a non avventurarsi all'esterno per poi tornare tra le mura domestiche inzuppata d'acqua.

Il detective Moore tornò nel luogo designato per potersi dedicare a Gustave. Nonostante non conoscesse, fino a quei giorni, la sua posizione esatta e dove si nascondesse, era ben consapevole di quale fosse la sua paura più profonda. L'aveva scoperta leggendo un vecchio rapporto psicologico che gli era stato fatto circa una ventina di anni prima, quando era stato catturato a Parigi ancora minorenne, prima di sparire nuovamente e di darsi alla macchia. Anche la fobia di Gustave, come quelle delle altre vittime, era particolare: la linonofobia. Il più piccolo dei fratelli Du Monde soffriva di una paura irrazionale verso le corde. Per questo motivo Shaun aveva fatto addormentare la vittima per poter sostituire con tutta calma il nastro adesivo con delle corde, pregustando già il momento in cui si sarebbe risvegliato e avrebbe ripreso conoscenza.

Il detective si fermò a osservare Gustave, disteso sul pavimento con la testa china sul proprio petto. I suoi pensieri e ricordi volarono indietro nel tempo di diversi anni, quando tutto *questo* ebbe inizio. Ora però egli avrebbe portato alla giusta conclusione questa storia, una volta per tutte.

Shaun teneva ben stretto tra le proprie mani un lembo di corda mentre la luce dei lampioni posti all'esterno di quell'edificio mostrava nel dettaglio le innumerevoli gocce di pioggia che morivano sull'asfalto londinese; la mente del detective però stava viaggiando oltre, verso Parigi, verso una grande villa posta alla periferia della capitale francese.

"Presto sarà tutto finito" sussurrò con un filo di voce, quindi si voltò e tornò a occuparsi di Gustave Du Monde. Era giunta la sua ora.

***

Séline stava scendendo le scale dell'ospedale il più velocemente possibile per raggiungere l'uscita. Non aveva il tempo di attendere l'arrivo dell'ascensore. Nel percorrere le rampe che la separavano dall'esterno, l'investigatrice cercò di contattare il capitano Jones con il proprio cellulare, ma pareva non esserci molto campo all'interno dell'edificio. Non appena uscì cercò la volante della polizia che era rimasta lì per lei. Vide l'agente e lo chiamò a gran voce; questi accorse rapidamente.

"Presto, dobbiamo andare. Veloce!" esclamò Séline che nel frattempo si era coperta il volto con il cappuccio della sua giacca per ripararsi dalla pioggia. Il cadetto annuì senza fare alcuna domanda e salì sull'auto con l'investigatrice che lo seguì pochi istanti dopo. La vettura accese la sirena e partì a tutta velocità.

Francis, in piedi all'interno della sua stanza, guardava il panorama londinese, pensando a suo fratello e a quello che sarebbe successo nelle prossime ore.

Séline si era dimostrata decisamente più matura rispetto a come la ricordasse. Era riuscita a strappargli con forza quanto gli aveva detto il detective Moore prima di spararli. Egli infatti gli aveva lasciato un messaggio preciso da riferire nel caso la polizia, o qualcun altro, lo avesse trovato. Il commissario lo aveva implorato infatti di sapere cosa ne avrebbe fatto di suo fratello e Shaun, glaciale come non mai, gli aveva detto poche e semplici parole.

"Lo porterò dove tutto ebbe inizio, alla National Gallery. Questo però è un segreto. Dillo a qualcuno e tuo fratello soffrirà le peggiori pene dell'inferno" dopodiché ci fu uno sparo e tutto divenne buio, fino a quando non si risvegliò in quella stanza d'ospedale.

Dopo tanti anni aveva ritrovato suo fratello e non voleva essere l'artefice della sua atroce fine. Quelle parole lo avevano intimorito e spaventato; solo la pistola di Séline puntata contro, riuscì a farlo parlare. All'udire quella frase l'investigatrice non disse nulla per qualche secondo salvo uscire di corsa dalla stanza d'ospedale.

"Forse hai salvato tuo fratello" gli aveva detto prima di scomparire dalla sua vista.

L'investigatrice stava provando nuovamente a contattare il capitano Jones mentre l'agente al volante cercava di viaggiare il più velocemente possibile. Per il momento non aveva chiesto alcuna spiegazione, si stava dirigendo semplicemente dove gli era stato indicato.

Séline imprecò dal momento che non riusciva a raggiungere Matthew in alcun modo. La donna guardò quindi la strada di fronte a sé: i tergicristalli continuavano a muoversi con grande velocità mentre avevano già raggiunto *Stamford Street*, a sud del Tamigi. L'investigatrice si voltò e vide l'agente seduto accanto, non aveva un'arma e forse non era stato ancora autorizzato a sparare: con il capitano Jones irraggiungibile, avrebbe dovuto fare tutto da sola. I suoi occhi caddero quindi sulla ricetrasmittente posta accanto a lei e senza pensarci due volte provò a utilizzarla.

***

L'operazione era partita da pochissimi secondi. I primi agenti erano già in prossimità di una delle porte di servizio posteriori della *National Gallery*. La parte esteriore delle loro divise era pregna d'acqua e la visibilità si era fatta scarsa a causa della pioggia battente.

Matthew era rimasto all'interno di una camionetta per coordinare le operazioni. Su uno schermo egli poteva vedere le immagini trasmesse dalla telecamera posta sull'elmetto dell'agente di testa. Il capitano Jones era nervoso, non sapeva cosa ci sarebbe stato all'interno del museo anche se di lì a pochi secondi lo avrebbe scoperto.

Gli agenti erano ormai pronti a entrare in azione, il loro battito era comunque calmo; erano addestrati per quello. Attorno a loro c'era il silenzio più totale, eccezion fatta per gli scrosci d'acqua. Non lontano dalla loro posizione il retro della camionetta si spalancò.

"Capitano! Capitano Jones! L'investigatrice Brunet la sta cercando!" disse un cadetto con il fiatone.

"Dove?" chiese Matthew con estrema sorpresa; egli osservò il proprio cellulare notando come stranamente non vi fosse ancora segnale.

"Con la ricetrasmittente della volante! L'ho sentita proprio ora!" all'udire quelle parole il capitano Jones comunicò alla squadra di attendere a fare irruzione e si fiondò all'esterno del veicolo, non curante della pioggia.

"Qui il capitano Jones! Séline, mi senti?" disse Matthew che giunse correndo a perdifiato all'interno della volante parcheggiata lì vicino.

“Ti sento! Non è alla National Gallery! Non si trova lì! Non è alla National Gallery!” esclamò l’investigatrice dopo qualche istante di silenzio. Il capitano si sentì mancare la terra sotto i piedi poi uscì dall’auto e si precipitò nuovamente all’interno della camionetta.

“Qui il capitano Jones. Operazione annullata. Ripeto. Operazione annullata”. Disse prontamente, quindi tornò verso l’auto e ascoltò quello che Séline avesse da dirgli.

23

Il *Shakespeare's Globe*, o più conosciuto forse con il nome di *Globe Theatre*, sorge sulla sponda sud del Tamigi a pochi passi dal *Tower Bridge*. L'edificio fu il luogo dove recitò la compagnia di William Shakespeare a cavallo tra il XVI e il XVII secolo. Ora invece è una delle principali mete nella città di Londra, dove turisti passeggiando lungo il fiume si arrestano continuamente per fotografare l'edificio.

Quella notte però solo uno sparuto numero di persone aveva deciso di sfidare la pioggia battente e di avventurarsi in una camminata lungo il Tamigi. Il teatro pareva dormire tranquillo in attesa di un'alba ancora distante qualche ora.

L'auto sulla quale viaggiava Séline si fermò in *Park Street*. L'investigatrice scese dalla vettura raccomandando all'agente di aspettare l'arrivo di Matthew Jones, che sarebbe giunto lì in una ventina di minuti o forse qualcosa meno. Lei invece non volle perdere tempo, poteva essere già troppo tardi, si coprì la testa con il cappuccio e corse verso l'edificio, distante qualche decina di metri, direttamente da *New Globe Walk*. Durante quella corsa Séline ripensò nuovamente a Eloise, Paul, Philippe e Richard, già morti per colpa del detective Moore. Doveva fermare tutto questo, anche per loro.

La donna giunse nei pressi di un porta di sicurezza posta sul retro dell'edificio e lì vicino vide un'auto parcheggiata, probabilmente il mezzo con il quale Shaun era giunto sin lì. Si tolse il cappuccio liberando i capelli e impugnò la propria pistola.

Cercando di non fare il minimo rumore, lentamente appoggiò una mano sull'uscio che si aprì senza alcuna difficoltà. Pensò che la sua intuizione fosse giusta, ormai ne era praticamente sicura. Séline si guardò attorno, non c'era nessuno nei paraggi, si fece forza ed entrò lasciandosi inghiottire dall'oscurità dell'edificio.

***

Shaun stava ultimando gli ultimi preparativi. Aveva già legato con una corda le caviglie e i polsi di Gustave che nel frattempo continuava a non risvegliarsi, il suo respiro era calmo e regolare, come se stesse dormendo nella comodità del proprio letto. Per dare maggiore enfasi alla fobia della sua vittima, il detective Moore mise dell'ulteriore corda attorno alle ginocchia e alle cosce dell'uomo e ne aggiunse dell'altra all'altezza del busto e dello stomaco, nascondendo nel tessuto una piccola fotografia. Si alzò osservando compiaciuto la sua opera poi diede uno sguardo al proprio orologio. Tra pochi minuti Gustave avrebbe ripreso conoscenza e quindi sarebbe morto.

Il suo piano di fuga era già stato stabilito ed era pronto da diverso tempo. Prima però avrebbe fatto un doveroso ritorno a Parigi per comunicare, a chi di dovere, l'esito finale della propria missione, dopodiché sarebbe sparito, forse per sempre, lontano dalla Francia e dall'Inghilterra, lontano dall'Europa. Forse avrebbe potuto anche ricominciare una nuova vita ma questo non era un problema a cui pensare nell'immediato. La sua unica preoccupazione era l'uomo che se ne stava disteso e legato a pochi passi da lui.

Gustave aprì lentamente gli occhi e sentì le sue palpebre pesanti come macigni. Ogni volta che queste si richiudevano, gli sembrava di dormire per ore e ore. Non voleva svegliarsi in un alcun modo. Una parte di sé però voleva lottare contro questa apparente stanchezza. L'uomo si sforzò quindi di restare sveglio anche se la sonnolenza ebbe inizialmente la meglio.

Vicino a lui, Shaun iniziò a passeggiare meno nervosamente, contento del fatto che la sua vittima si stesse svegliando puntuale, rispettando con estrema precisione i suoi piani. Il detective si voltò e guardò la platea del *Globe Theatre* ergersi di fronte a lui, i suoi ricordi volarono indietro nel tempo e pensò che il suo spettacolo fosse degno di quel luogo. Sarebbe stato un gran finale.

Qualche sussurro e mugugno di Gustave attirò nuovamente la sua attenzione. Era ormai sveglio.

***

Séline si muoveva con estrema attenzione lungo alcuni corridoi bui intervallati saltuariamente dalla luce di qualche uscita di sicurezza. Non conosceva quell'edificio, non lo aveva mai visto prima d'ora; naturalmente ne aveva già sentito parlare ma in quel momento rimpianse di non averlo mai visitato quando le era capitata l'opportunità. L'investigatrice non sapeva esattamente dove cercare, il detective Moore poteva nascondersi ovunque all'interno del teatro oppure trovarsi direttamente sul palcoscenico e, per quel poco che lo conosceva, credette maggiormente alla seconda opzione.

Si fermò alle spalle di una parete che faceva da angolo e portava verso un nuovo corridoio, sbirciò oltre lo spigolo e vide via libera ma soprattutto la sua ancora di salvezza. Corse rapidamente verso la parete di fondo, dove, appesa, si trovava una piantina dell'edificio, utile per indicare l'uscita di sicurezza in caso di incendio. Séline trovò immediatamente la propria posizione e il palcoscenico con la platea, memorizzò il percorso e partì di corsa senza alcun indugio.

All'investigatrice sembrò di percorrere un labirinto al buio con svolte a sinistra e a destra che apparentemente non avevano un senso o una direzione precisa. Quando giunse in prossimità dei camerini per gli attori capì di essere vicina alla sua meta. Il battito del suo cuore iniziò ad accelerare così come il suo passo.

Séline infine rallentò quando vide di essere ormai arrivata nel cuore dello *Shakespeare Globe*. Con la coda degli occhi poteva già vedere le tribune del teatro estendersi a semicerchio non lontano dalla sua attuale posizione. Appoggiata a una parete respirò profondamente, quindi prese il telefono e lo disattivò per evitare di essere disturbata durante l'irruzione. Strinse con maggiore sicurezza la propria pistola tra le mani e accucciandosi leggermente avanzò lungo il lato sinistro del palcoscenico. Si arrestò e si sporse con il capo vedendo la testa del detective Moore, mentre per il momento da quella posizione non vi era traccia di Gustave Du Monde.

L'investigatrice fece un passo ma si arrestò pressoché immediatamente. Non lontano da lei infatti sentì arrivare delle note di musica classica. Non la riconobbe immediatamente ma le era già capitato di sentire quella sinfonia qua e là, in più di un'occasione. Una melodia classica dolce e sinuosa il cui ritmo a tratti accelerava diventando vivace.

Giunse alla fine del lato corto del palcoscenico e si sporse quel poco che le bastò per vedere Shaun starsene in piedi immobile e intento a osservare Gustave, disteso di fronte a lui e legato con diverse corde. Il fratello del commissario stava iniziando a muoversi e ad agitarsi.

Per Séline ormai non c'erano più dubbi, quello fu il segnale definitivo: era giunto il momento di entrare in azione.

***

Matthew era seduto sul sedile passeggero dell'auto di testa. Un totale di sei veicoli si stavano dirigendo a tutta velocità dalla *National Gallery* al *Globe Theatre*. Mentre attraversavano il Tamigi all'altezza del *Waterloo Bridge*, il capitano Jones provò a mettersi in contatto con l'investigatrice Brunet con la ricetrasmittente, così come era successo pochi minuti prima a parti invertite.

"Qui il capitano Jones! Rispondete!" disse, mentre l'attesa, anche se di pochissimi secondi, lo stava logorando.

"Qui l'agente Philips! Vi sento!" rispose il cadetto seduto all'interno dell'auto.

"Dov'è l'investigatrice Brunet?" il capitano Jones era sicuro di sapere già quale sarebbe stata la risposta.

"Non c'è. È già entrata nello *Shakespeare Globe* signore" disse il giovane con un tono di voce che viaggiava a metà tra la paura e l'ovvietà.

"Ricevuto". Fu l'unica cosa che riuscì a dire Matthew mentre imprecando chiuse la comunicazione. Il capitano fece un breve cenno all'autista alla sua destra e questo, annuendo, premette maggiormente il piede sull'acceleratore sfrecciando il più velocemente possibile tra le vie della capitale inglese.

***

Gustave infine riuscì a svegliarsi riprendendo conoscenza ma ci vollero pochi secondi perché si pentisse di averlo fatto. Non appena si rese conto della situazione iniziò a percepire la presenza delle corde che lo stringevano. Al suo interno iniziò a crescere un fremito, un sussulto, come il brontolio di un vulcano assopito da tanto tempo, quasi da un'eternità.

L'uomo, nonostante fosse bendato, chiuse gli occhi con maggior forza cercando di vagare altrove con il pensiero e trovare così un luogo magico e idilliaco, dove non ci fossero preoccupazioni di alcun tipo. Il cuore iniziò a battere più velocemente ed egli fu costretto a provare a respirare più lentamente, cercando di tranquillizzarsi.

Non ebbe tempo di pensare come facesse il detective Moore a conoscere quel suo segreto, così nascosto abilmente per una vita, che una melodia raggiunse le sue orecchie. Gustave cercò quindi di portare tutta la sua attenzione verso di essa per allontanare quello che per il momento era il suo unico nemico e pensiero, la sua paura.

Alle note musicali di Shostakovich si sovrapposero dei passi diretti verso la sua posizione. Gustave sapeva chi fosse, non aveva alcun dubbio a riguardo.

Il detective Moore si fermò a pochi centimetri dalla sua prossima vittima e restò immobile per qualche istante. Il cuore di Gustave parve impazzire, l'uomo ebbe la netta sensazione che il suo organo sarebbe esploso da lì a pochi secondi; percepì le corde come gigantesche e avvertì uno strano sentore, come se quelle funi lo stessero inghiottendo fagocitandolo al loro interno. Provò quindi a gridare in modo disperato ma il suo fiato si fermò strozzato in gola. Shaun si chinò verso di lui, alla sua destra, compiaciuto di ciò che stava succedendo a pochi centimetri dalla sua posizione, quindi si preparò a sussurrare un nome all'orecchio di Gustave Du Monde, ma qualcosa lo interruppe proprio sul più bello, rovinando così quella che per il detective era un'atmosfera idilliaca e di magia.

"Allontanati da lui Shaun. Subito!" esclamò Séline puntandogli contro una pistola.

24

Séline aveva deciso che fosse giunto il momento di entrare in azione. Quando vide il volto di Shaun chinarsi e sparire dalla sua vista, l'investigatrice abbandonò il proprio nascondiglio e si fiondò verso il detective puntandogli contro la pistola.

"Molto bene investigatrice Brunet, non lo avrei mai detto. Complimenti per avermi scoperto". Disse l'uomo restando comunque accovacciato al fianco di Gustave. Nelle sue parole e nel tono della sua voce era chiaro ed evidente un velo di sarcasmo.

"Allontanati da lui Shaun!" ripeté Séline che nel frattempo caricò l'arma. Quel gesto parve convincere il detective, che inizialmente alzò la mano destra verso l'alto e lentamente si allontanò da Gustave, quindi si voltò verso l'investigatrice e con uno scatto repentino si alzò in piedi guardandola negli occhi mentre con la mano sinistra tese puntata una pistola verso la vittima legata a pochi passi da lui.

Séline rimase sorpresa da quella mossa, ora si trovava in una situazione di svantaggio. Il suo compito primario era evitare che ci fosse una nuova vittima e successivamente fermare il detective Moore.

"Ecco fatto, mi sono allontanato. - Disse Shaun con tono glaciale e serafico. - Ora però posa tu l'arma altrimenti Gustave farà una fine peggiore di quella che lo aspetta".

L'investigatrice esitò, cercò di pensare velocemente in quegli attimi concitati. Il detective caricò l'arma, facendole capire come il tempo fosse scaduto.

"Va bene, va bene, poserò l'arma, ma tu devi lasciare Gustave". Séline provò a intavolare una sorta di trattativa.

"Io non sto facendo nulla, come vedi" disse beffardo, ma il fratello del commissario Du Monde stava iniziando a dimenarsi nel disperato tentativo di liberarsi da quelle corde, ma senza il minimo successo.

Séline quindi accettò la proposta del detective e lentamente si chinò verso terra lasciando la pistola sul pavimento e calciandola lontano da sé.

"Ora mani dietro la testa. - Ordinò il detective Moore e l'investigatrice obbedì senza troppe esitazioni. - Come hai fatto a capire tutto? Come mi hai trovato?"

"Grazie alla tua arroganza e al messaggio che hai lasciato a Francis. Pensavi di depistarci portandoci tutti alla National Gallery ma non è così. La frase 'Dove tutto è iniziato' non poteva che portarmi qui".

"Molto astuta. Avevo preparato tutto affinché vi perdeste all'interno della National Gallery. Ho disattivato le telecamere e reso inutilizzabili tutti i cellulari nelle immediate vicinanze del museo per impedirvi di comunicare", spiegò il detective.

"Ho scoperto molte cose su di te. La tua specializzazione in informatica ed elettronica, la tua vecchia residenza a Parigi, in *Rue Sedillot*, che utilizzi ancora. - Séline parve aver iniziato un elenco senza fine di parole e fatti- - So anche perché fai tutto questo".

La donna notò come l'incredulità prese possesso dello sguardo di Shaun.

"Non è possibile questo. Non è possibile". Urlò il detective Moore; la sua voce permise a Gustave di distrarsi da quella lotta contro se stesso e la sua paura.

"Grazie alle ricerche di Francis per trovare suo fratello ho scoperto cosa accadde qui più di una quindicina di anni fa. E tu hai commesso un errore: non sei mai andato a Londra a cercare Antoine Balboissine e lui non ti ha mai visto dal momento che non lo hai mai incontrato. - Mentre parlava, l'investigatrice aveva le mani dietro la testa e le sue dita si muovevano rapidamente ma senza essere viste. - Quando mi hai chiamata la scorsa notte ho notato un orologio riflesso in un vetro della tua stanza. Eri ancora a Parigi, il fuso orario non era quello di Londra. Non potevi che essere tu l'assassino, il problema è che me ne sono accorta troppo tardi quando ti avevo già spedito qui a cercare Francis. Non hai curato tutti i dettagli Shaun. Poi mi è stato facile capire molte altre cose: tu sei stato il primo a ritrovare la foto del pagliaccio sulla scena di Philippe, tu hai sempre proposto l'idea di dividerci per poter agire indisturbato. Avrei dovuto rendermene contro prima".

"Non sai quello che stai dicendo. - Rispose l'uomo con un sorriso. - Ho curato ogni minimo dettaglio, da sempre! La finta telefonata minacciosa giunta alle orecchie di Denise, gli articoli presenti nel PC di Philippe, la falsificazione dei documenti di Antoine Balboissine del *British Museum* e della S.I.S., tutto studiato attentamente. È stato un lavoro minuzioso che ha richiesto una preparazione di diversi anni. Questo è il mio compito, io devo portare a termine la *mia* missione".

"La tua missione? Chi è il tuo mandante?" Incalzò Séline.

"Il mio mandate? - rispose ironico Shaun in preda a uno stato di delirio e onnipotenza. - Il mio mandante è la giustizia e il dovere. Il dovere di compiere ciò che è giusto e ciò che va fatto".

Il detective inizialmente non si scompose anche se dentro di sé si maledì ripensando a quel dettaglio che aveva trascurato, un elemento così piccolo ma così importante.

"Ancora non capisco come hai fatto a ricollegare tutti i casi a me", disse Shaun sinceramente incuriosito mentre il suo sguardo si posò su Gustave che parve essere riuscito a calmarsi. La benda sugli occhi gli impediva di vedere cosa stesse accadendo ma quella conversazione lo stava aiutando ad andare oltre la propria paura anche se i fremiti non erano certo conclusi.

"Nell'indagine personale del commissario per trovare suo fratello mi ha colpito una data: il 1999. Da quel giorno Gustave sparì, lasciò la famiglia e tutti quanti, dileguandosi nel nulla. La cosa ancor più strana è che questa fuga avvenne al ritorno di una gita scolastica, fatta proprio a Londra - disse Séline mentre le sue dita si muovevano sempre veloci ma con discrezione, cercando di estrarre un oggetto nascosto tra i suoi capelli - Alcuni articoli di giornale del tempo riportavano di una brutta vicenda che aveva coinvolto una scolaresca francese in gita a Londra. La notizia venne insabbiata in fretta dalle forze dell'ordine che chiusero rapidamente le indagini dato che non c'era stato alcun morto. Nel database della polizia francese ho trovato però i nomi di alcuni ragazzini interrogati a riguardo, una volta tornati a Parigi: Eloise Charcanelle, Paul Bricely, Philippe Besaux, Richard Allison, Gustave Du Monde e Shaun Moore. Il vostro istituto era uno dei più prestigiosi di tutto il paese. La tua famiglia e quella di Paul si trovavano a Parigi in quei tempi, a causa del lavoro dei vostri genitori, immagino. - Proseguì l'investigatrice che aveva ormai trovato e afferrato ciò che stava cercando. - Solo una cosa non mi è chiara. Il numero 77 e il suo significato in tutta questa storia".

"Tu! Tu non sai un bel niente di quello che è successo! - Nello sguardo del detective parve avanzare uno stato di rabbia e di collera che si placò dopo qualche istante. - Non eri presente sedici anni fa. Non sai cosa sia accaduto veramente. La polizia non si è mai interessata veramente ed è giusto che loro paghino per quelle azioni e che io ricordi loro, prima di morire, il motivo della loro sventura. È giusto che io sussurri loro quel nome e che gli rievochi quei ricordi. È un mio compito e dovere! - L'uomo abbandonò quel raptus d'ira e si fermò per pochi istanti. - E per tua informazione 77, sette volte undici, come le care tarantole, sono i minuti di agonia che queste persone devono pagare. Sai che c'è? Morirai anche tu come tutti loro ma prima vedrai Gustave espiare le sue colpe".

Il detective tornò verso l'uomo legato a terra e notò come non si sentisse più la musica. Prese con forza i capelli di Gustave e gli chinò il capo verso il petto.

"Goditi lo spettacolo, Séline". Shaun sfilò la benda dagli occhi dell'uomo che improvvisamente si trovò a vedere il proprio corpo ricoperto di corde, nonostante ne avesse già avvertito la presenza. Il suo cuore riprese a battere ad alta velocità. L'LSD nel suo sangue gli fece sembrare di essere avvolto da un'infinità di corde che si stringevano attorno a lui diventando sempre più grandi e imponenti, come se volessero soffocarlo.

"Gustave! Gustave!" l'investigatrice provò a chiamarlo per distaccarlo da quella visione. Era come pietrificato e incapace di muoversi. La voce della donna gli parve provenire da chilometri e chilometri di distanza e giungere come un flebile suono, quasi impercettibile. Chi udì distintamente le parole della donna fu invece Shaun che di scatto si voltò verso di lei con uno sguardo infastidito e colmo di rabbia.

"Taci! Urlò il detective, che notò come la donna stesse muovendo le mani dietro la testa. - Cosa stai facendo con quelle mani? Mettile in vista!"

"Gustave! Gustave!" continuò a chiamare Séline ignorando l'ordine di Shaun, che spazientito poggiò la canna della pistola contro la fronte del suo prigioniero, voltandone il viso verso la donna. L'investigatrice rimase shockata dal vedere Gustave in quelle condizioni. I suoi occhi erano sbarrati e colmi di terrore, il suo respiro, già affannoso, era reso ancor più difficoltoso dal bavaglio che gli cingeva la bocca. A Séline parve venire meno la voce quando le sembrò di captare, nel profondo dello sguardo di Gustave, un grido disperato di aiuto.

"Le mani" insistette Shaun che premette con maggior forza la canna della pistola contro la fronte dell'uomo.

"Va bene, va bene. Farò come dici".

L' investigatrice parve arrendersi alle volontà di quello che chiaramente non era più un abile detective ma uno spietato, freddo e crudele assassino.

"Cosa nascondi tra le mani? Mostrale lentamente". Shaun staccò l'arma dalla fronte di Gustave e la puntò contro la donna.

Séline, con estrema lentezza, allargò le braccia allontanando le mani tra loro e mostrandole così a Shaun. Non appena fece questo movimento qualcosa di metallico cadde a terra, il detective Moore fissò l'oggetto, una sorta di piccolissima lama, quindi guardò nuovamente l'investigatrice che ora stava in piedi di fronte a lui con le mani ben visibili e distanti dal suo volto.

L'assassino parve congelarsi, come se fosse stato vittima di un qualche incantesimo di magia. Cercò di dire qualcosa ma l'unico risultato che ebbe fu un impercettibile movimento delle labbra e farfugliò qualcosa di incomprensibile.

"Sì, conosco anche io la tua paura. - Disse Séline che continuava a mostrare le proprie mani insanguinate. - Anche per questo motivo non hai ucciso Francis. Hai paura del sangue e non lo volevi vedere spargersi ovunque".

Con una piccola lama che aveva nascosto tra i capelli si era volontariamente procurata delle piccole ferite e ora il suo sangue scorreva lungo i palmi delle mani, mentre qualche piccola goccia andava a segnare il pavimento. L'investigatrice guardò Gustave, il suo corpo stava smettendo di agitarsi, le forze gli stavano mancando. Doveva aiutarlo.

La donna si fece coraggio e benché fosse disarmata fece un passo verso l'uomo disteso a terra non perdendo di vista il detective Moore. Egli non riusciva più a muoversi, i suoi occhi erano fissi sul sangue presente sulle mani di Séline; la mano di Shaun iniziò a tremare allentando la presa dalla pistola che iniziò a scivolargli via.

In un batter d'occhio l'investigatrice agì: si scagliò contro il suo antagonista disarmandolo e gettandolo a terra. Dopo pochi istanti il detective Moore perse conoscenza e la donna poté finalmente gettarsi su Gustave per poterlo soccorrere. Raccolse la piccola lama e iniziò a slegare e a tagliare le corde che lo legavano.

Dopo una manciata di secondi Séline riuscì a liberarlo del tutto e cercò di tranquillizzarlo e di aiutarlo nel riprendere una respirazione normale.

"Resisti Gustave. È tutto finito, è tutto finito". Disse la donna accovacciata accanto all'uomo. Gustave parve rinsavire e tornare alla realtà da quel viaggio orribile, ritrovando finalmente una respirazione normale.

Lentamente si voltò verso Séline sperando di trovare quella pace che negli ultimi giorni era venuta terribilmente a mancare. Non fece in tempo a effettuare un sospiro di sollievo che Gustave sbarrò nuovamente gli occhi, la donna inizialmente non capì cosa stesse succedendo alle sue spalle e quando se ne rese conto, dopo qualche secondo, realizzò come fosse ormai troppo tardi.

"Muori". Disse con disprezzo Shaun, quindi due spari riecheggiarono all'interno del *Globe Theatre*.

***

Matthew non aveva tempo da perdere. Le volanti sterzarono bruscamente nei pressi del *Shakespeare Globe* e gli agenti uscirono rapidamente dai veicoli pochi istanti prima che questi si arrestassero. Il piano d'attacco era già stato studiato nel corso del tragitto, ognuno sapeva cosa dovesse svolgere e con quali tempistiche.

Il capitano Jones si rammaricò per non aver capito che si trattasse di una trappola; Séline lo aveva messo in guardia spiegandogli il significato delle fotografie ritrovate sulle diverse scene del crimine. I numeri XV, 199-120 e la lettera greca *Phi* indicavano un passo dell'Iliade di Omero, i cui versi includevano al suo interno Phobos, il dio figlio di Marte e associato alla Paura: "*Egli parlò, e ordinò al Terrore e alla Paura di prendere i suoi destrieri. E lui stesso indossò l'armatura scintillante*".

L'investigatrice era sicura che ci fosse nascosto qualche legame con quanto avvenuto nel 1999 e con quelle fotografie e ora, finalmente, il puzzle era chiaro anche anche a Matthew: in quell'anno qualcosa accadde proprio in quello stesso teatro coinvolgendo una scolaresca francese e all'epoca, vi era in scena un'opera chiamata "Gli ultimi giorni di Troia", basata proprio sull'Iliade di Omero.

Il capitano Jones superò due auto parcheggiate nel retro dell'edificio ed entrò percorrendo i bui corridoi con una buona velocità, pur cercando di ridurre al minimo i rumori. Gli agenti conoscevano la strada da percorrere e in pochi istanti si trovarono a ridosso del palcoscenico. Matthew si arrestò, prima voleva osservare la situazione e avere un quadro più preciso di ciò che stava accadendo a pochi metri da lui.

Al capitano parve di sentire la voce di Séline cercare di tranquillizzare qualcuno ma non ebbe tempo di rasserenarsi e pensare che tutto fosse finalmente finito: dopo un manciata di attimi si udirono due colpi di pistola, distanziati pochissimi secondi l'uno dall'altro.

"Via! Via! Forza! Forza!" gridò Matthew ordinando agli agenti di irrompere nel cuore del teatro. Egli li seguì stando alle loro spalle.

Quando mise piede sulla scena del crimine vide il detective Moore steso a terra sopra una macchia di sangue e non lontano da lui Séline che stringeva a sé Gustave. Poco più in là, alla sinistra del cadavere di Shaun, si trovava un altro corpo senza vita, quello del commissario Francis Du Monde. L'investigatrice si voltò verso il capitano con gli occhi pieni di lacrime.

Epilogo

Il rientro a Parigi non era stato dei migliori per l'investigatrice Séline Brunet. Sull'aereo con il quale stava tornando nella capitale francese aveva con sé entrambi i fratelli Du Monde. Francis giaceva morto all'interno di una bara mentre Gustave era stato arrestato e sarebbe stato processato per tutti i crimini di cui sospettato.

La donna non negò a se stessa che avrebbe preferito che si fossero invertiti i ruoli. In questo momento starebbe parlando con il commissario, forse per consolarlo per la perdita del fratello o forse per congratularsi per la risoluzione del caso.

Séline invece se ne stava seduta sul sedile tenendo tra le mani, ancora parzialmente bendate, il distintivo di Francis, macchiato di sangue.

Il commissario l'aveva seguita non appena abbandonò l'ospedale, anche lui era a conoscenza della storia e del luogo dove tutto ebbe inizio. Il taxi con il quale giunse al Globe Theatre era ancora parcheggiato sul retro dell'edificio quando giunse il capitano Jones, con al suo interno un autista mezzo addormentato in attesa del ritorno del suo cliente. Francis si era introdotto nel teatro e aveva sparato a Shaun prima che il detective uccidesse Séline e Gustave. Con le ultime energie rimaste, il killer riuscì però, cadendo, a colpire in pieno petto il commissario che, non ancora pienamente ripreso dalla sua convalescenza, morì prima dell'arrivo dei soccorsi.

L'aereo era in fase di atterraggio e la donna osservò fuori dal finestrino, come se stesse cercando di intravedere ancora Londra e poter cambiare le sorti di quella storia.

Francis, come ultimo atto d'amore nei confronti di un fratello a lungo ricercato e mai ritrovato, aveva sacrificato la propria vita per permettere a Gustave, forse, di farsene una nuova. Il commissario sapeva, nel profondo del suo cuore, che suo fratello non fosse una cattiva persona e Séline, in quei pochi istanti che aveva trascorso a contatto con lui ai piedi del palcoscenico del *Shakespeare Globe*, pensò di capire i pensieri del suo collega.

Sulla pista di atterraggio dell'aeroporto *Charles de Gaulle* tre auto nere aspettavano i passeggeri del volo di Séline. Nella prima vettura venne messa la bara di Francis, sulla quale l'investigatrice pose il distintivo che aveva retto tra le mani fino a pochi istanti prima. Sulla seconda, scortato da un paio di agenti, salì Gustave, il cui volto era scuro, triste e malinconico, come se la perdita e il sacrificio del fratello lo avessero totalmente cambiato, nonostante avesse già abbandonato la malavita da un po'. Anche se in manette, si sentiva amato, come non lo era mai stato in vita sua.

L'ultima auto era invece riservata a Séline, che vi salì al volante riabituandosi in fretta alla guida a sinistra dopo la breve e intensa esperienza inglese.

Prima di avviare il motore la donna cercò qualcosa che aveva messo nella tasca della giacca, la estrasse e la osservò per qualche secondo, quindi partì mentre il sole stava facendo capolino all'orizzonte.

***

L'auto di Séline raggiunse la destinazione prefissata. La donna entrò quindi in un lungo vialone alberato in fondo al quale poteva già intravedere in lontananza un edificio bianco. Solo quando giunse in prossimità del cortile antecedente la villa, l'investigatrice si rese conto della maestosità di questo edificio, di cui ne ignorava l'esistenza, fino a quel momento. Chiuse la portiera dell'auto e si avviò verso l'ingresso mentre gli uccellini cinguettavano felici tra i rami degli alberi. Sembrava di essere giunti per magia in un altro mondo, in un posto idilliaco, lontano dalla vita moderna e dalle sue preoccupazioni.

Séline si fermò di fronte alla porta d'entrata e suonò il campanello posto vicino alla maniglia. Dopo pochi secondi giunse una donna vestita di bianco, sulla cinquantina.

"Desidera?" disse senza lasciar intravedere l'interno dell'edificio.

"Sono l'investigatrice Brunet. Ho telefonato qualche minuto fa. Non so se ho parlato con lei..." Fece per rispondere Séline che venne interrotta dalla sua interlocutrice.

"Oh ma certo. Prego, si accomodi". Le disse con un sorriso genuino stampato sulle labbra. Séline varcò la soglia d'ingresso e si trovò di fronte a un immenso salone dal quale partiva una doppia rampa di scale che si ricongiungeva a metà strada tra il piano terra e quello superiore.

"Prego, mi segua" disse la donna destando l'investigatrice dalla meraviglia posta di fronte ai suoi occhi e accompagnandola verso il primo piano.

"Mi scusi - intervenne timidamente Séline, come se non volesse disturbare quella sorta di silenzio vellutato che permeava per tutto l'edificio. - Ma questo che posto è?"

"Non si deve scusare - rispose la donna. - Diciamo che questa è una struttura che aiuta le persone affette da gravi disturbi o che hanno subìto pesanti traumi".

L'investigatrice iniziò a capire mettendo gli ultimi pezzi del puzzle al posto giusto.

"Cosa mi può dire di Angélique? Ho trovato questa foto con questo nome e questo indirizzo, come le ho detto per telefono" continuò Séline, evitando di dire che la fotografia si trovasse nel taschino interno della giacca dell'omicida seriale Shaun Moore. La donna prese la piccola fotografia e si intenerì nel vederla.

"Qui è ancora così piccola - gli occhi dell'infermiera parvero diventare lucidi. - Scommetto che questa foto l'ha avuta dal signor Moore. Sa, è l'unico che si preoccupa di lei. La viene a trovare praticamente tutti i giorni".

Séline si limitò a sorridere con un breve cenno del capo. "Angélique è qui ormai da quindici anni. Vede, nel 1999 è stata vittima di una bruttissima vicenda. Durante una gita scolastica alcuni suoi compagni per divertimento, se è possibile definire divertimento una cosa simile, la rinchiusero in uno sgabuzzino all'interno di un teatro di Londra. Ora non le so dire il nome, mi dispiace, non lo ricordo. Quando la ritrovarono, terminato lo spettacolo, era come se fosse diventata un vegetale".

L'investigatrice stava ascoltando con attenzione il racconto della donna, iniziando a cogliere i tratti drammatici della vicenda e intuendo il significato del numero 77, i minuti passati in quello sgabuzzino. Séline riuscì infine a capire ciò che Shaun stava per sussurrare a Gustave qualche ora prima: il nome della sua amata, per risvegliare ricordi sepolti indietro negli anni.

"Angélique soffriva, e soffre tuttora, di claustrofobia. Onestamente non so dirle se all'epoca i suoi compagni conoscessero questo suo aspetto o meno, ma da quando uscì da quello sgabuzzino non aprì più bocca, limitandosi praticamente a mangiare e dormire. Il suo cervello ha subìto gravi lesioni per lo shock e praticamente possiamo dire che da allora non si è più ripresa, facendo scattare una sorta di mutismo selettivo permanente e di stato apatico totale. Il signor Moore, come le dicevo, viene spesso a trovarla. Mi ha raccontato di conoscerla da molti anni e che tra loro ci fosse un rapporto particolare anche se non mi sono mai permessa di ficcare il naso in affari che non riguardano le mie mansioni. Eccoci arrivati".

Séline era giunta in un corridoio molto luminoso e che poteva far invidia a molti dei lussuosi appartamenti e castelli di tutta la Francia. Lungo di esso si aprivano poche porte che lasciavano presagire come dietro di loro ci fossero le stanze dei pazienti.

"Questa struttura è nata circa vent'anni fa grazie a molti facoltosi privati. Cerchiamo di limitare al minimo l'uso di farmaci e utilizziamo anche la musicoterapia per aiutare i pazienti. Il signor Moore parla spesso con Angélique anche se lei non gli risponde.

Sa, le confido una cosa... - la donna si avvicinò all'investigatrice come se stesse per rivelare un grande segreto. - Credo che il signor Moore sia innamorato della signorina Angélique e che lei, nel suo profondo, lo sappia e che sia felice delle sue visite".

Séline sapeva che quella confessione non era affatto lontana dalla verità. Nello sgabuzzino dello *Shakespeare Globe* Eloise, Paul, Philippe, Richard e Gustave non rinchiusero solo la povera Angélique ma anche Shaun, che picchiando con insistenza contro la porta permise il loro ritrovamento e, forse, aiutò la sua amata a sopravvivere in quella situazione. Da allora il detective aveva coltivato dentro di sé questo desiderio di vendetta, costruendosi un castello fatto di missioni e compiti da dover svolgere per vendicare il proprio amore.

L'infermiera aprì lentamente una delle porte che si affacciavano sul corridoio, facendo cenno all'investigatrice di accomodarsi.

"Io sarò qui fuori ad aspettarla". Disse senza mai abbandonare quel sorriso ricco di generosità e bontà.

Séline timidamente varcò la soglia della porta e venne inondata da un'atmosfera di pace. La stanza pareva essere la residenza di un angelo, o così lei se l'immaginava, con pareti e mobili bianche. Era impossibile là dentro covare sentimenti di rabbia, ne era sicura.

Lentamente avanzò e solo dopo un paio di passi si rese conto che una musica stava avvolgendo le mura di quella stanza. Le note non le erano nuove, le aveva già sentite altrove, al *Globe Theatre;* era il *Jazz Suite No. 2* di Shostakovich, che aveva riecheggiato in tutte le scene del crimine, anche se Séline non poteva averne la certezza. L'investigatrice si fermò al centro di un ampio salone quando vide a una decina di passi da lei una donna di rara bellezza intenta a guardare fuori dalla finestra. Aveva dei lunghi capelli scuri che le scendevano lisci lungo la schiena, i suoi occhi erano azzurri e i tratti parevano essere stati disegnati dal più grande pittore di tutti i tempi, mostrando armonia e proporzione in ogni suo centimetro.

Séline si avvicinò con discrezione.

"Ciao Angélique, sono Séline, un'amica di Shaun" disse con

una flebile voce, come se quel posto le imponesse di non parlare con un tono troppo alto. L'investigatrice notò come la donna mosse, quasi impercettibilmente il volto verso di lei accennando a un piccolissimo sorriso non appena sentì pronunciare il nome del detective.

Séline si affiancò ad Angélique che nel frattempo si era seduta su un letto posto a pochi passi da lei, mantenendo lo sguardo fisso verso l'esterno.

"Shaun mi ha detto di dirti che non potrà venire a trovarti per un po'. - Mentì cingendo il braccio sinistro attorno alla donna e cercando di darle un abbraccio che fosse il più dolce e rassicurante possibile, come se per magia si fosse già instaurata tra loro un'empatia forte e solida. - Ma non appena sarà libero tornerà da te. Nel frattempo, se vorrai, ti terrò io compagnia per un po' e passerò qui quando mi sarà possibile".

Angélique non disse nulla, si alzò nuovamente dal letto e si avvicinò alla finestra. L'investigatrice guardò l'enorme parco che si estendeva di fronte alla sua vista e restò meravigliata da quello che poteva tranquillamente essere uno dei giardini più belli che esistessero sul pianeta. Il sole stava sorgendo illuminando d'oro le punte degli alberi e le foglie più vicine al cielo, mentre i fiori iniziavano nuovamente ad aprirsi al calore dei raggi solari, che li toccavano e sfioravano delicatamente dopo la pioggia della notte appena trascorsa.

Séline si alzò e si fermò a un paio di passi da Angélique fino a quando notò, riflessa nel vetro, una lacrima scendere lentamente sul volto della donna, come se in cuor suo sapesse cosa fosse effettivamente accaduto nel corso delle ultime ore. La lacrima proseguì il proprio percorso andando a morirle sugli zigomi e sulle guance.

"Sono qui con te. Non ti lascerò" le sussurrò l'investigatrice che le diede un abbraccio pregno di tutto l'amore che aveva dentro di sé cercando di trattenere una commozione difficile da controllare.

Gli occhi di Angélique erano lucidi e brillavano riflessi nella luce del mattino; una seconda lacrima le segnò dolcemente il volto ma, all’udire quelle ultime parole pronunciate da Sèline, sul suo viso parve spuntare, come il primo fiore primaverile in mezzo a una distesa innevata, un piccolo e dolce sorriso pieno d’amore.

“Il mistero dell’amore è più grande del mistero della morte”
Oscar Wilde

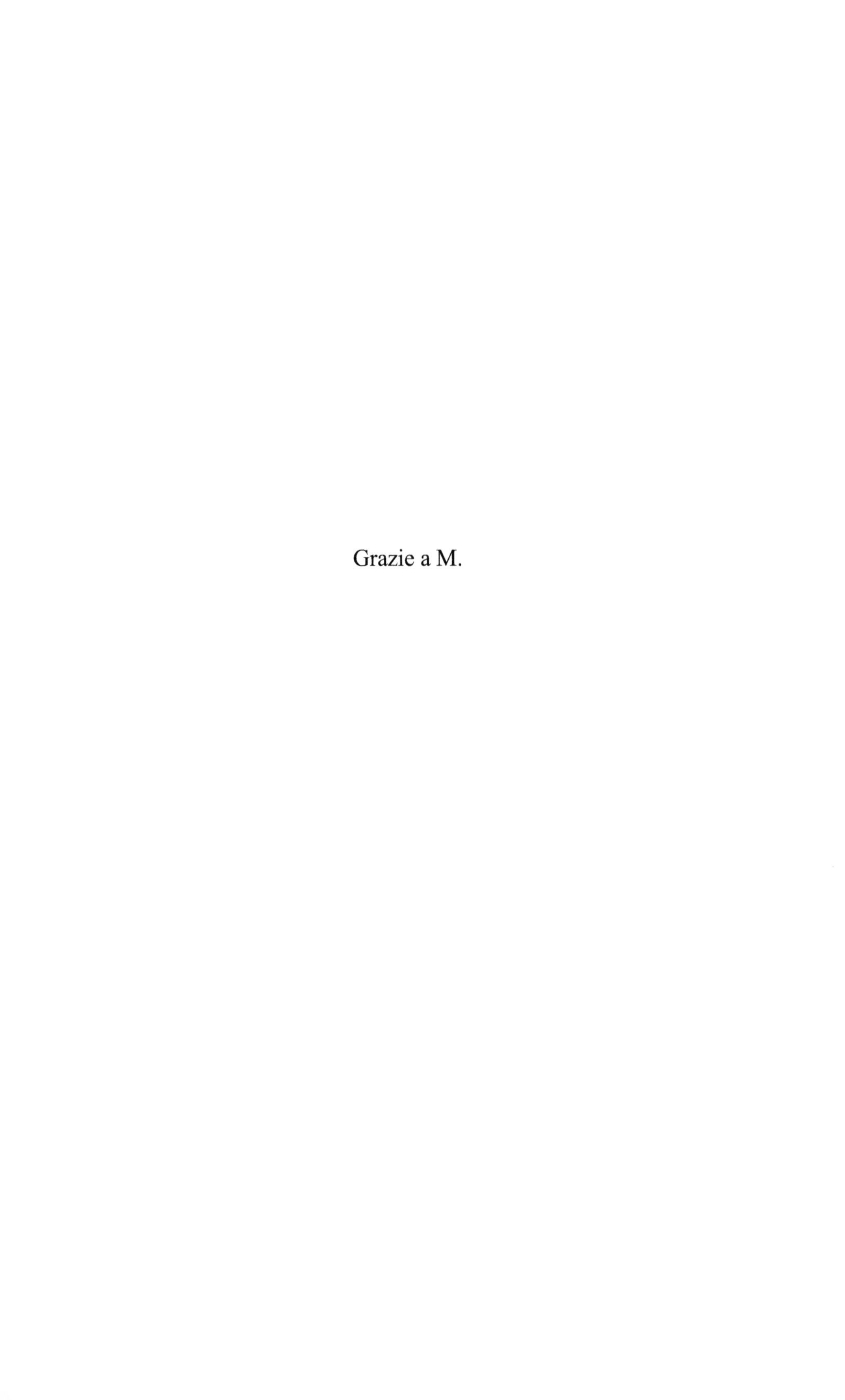

Grazie a M.

Indice

Prologo 7

1 13
2 17
3 25
4 32
5 38
6 45
7 54
8 65
9 76
10 86
11 94
12 104
13 114
14 122
15 131
16 138
17 146
18 154
19 163
20 172
21 178
22 187
23 197
24 203

Epilogo 211

Ringraziamenti

www.ingramcontent.com/pod-product-compliance
Ingram Content Group UK Ltd.
Pitfield, Milton Keynes, MK11 3LW, UK
UKHW022025190726
13853UKWH00005B/2113